清波依洄

陈思和
宋炳辉

主编

四川人民出版社

图书在版编目（CIP）数据

清波依洄/陈思和，宋炳辉主编．—成都：四川
人民出版社，2024.1
ISBN 978-7-220-13429-6

Ⅰ．①清… Ⅱ．①陈… ②宋… Ⅲ．①中国文学-现
代文学-作品综合集 ②中国文学-当代文学-作品综合集
Ⅳ．①I216.1

中国国家版本馆 CIP 数据核字（2023）第 154310 号

QINGBO YIHUI

清波依洄

陈思和　　宋炳辉　主编

出 版 人	黄立新
选题策划	李淑云
责任编辑	李淑云
封面设计	叶　茂
内文设计	李其飞
责任校对	林　泉
责任印制	周　奇
出版发行	四川人民出版社（成都三色路 238 号）
网　　址	http://www.scpph.com
E-mail	scrmcbs@sina.com
新浪微博	@四川人民出版社
微信公众号	四川人民出版社
发行部业务电话	(028) 86361653　86361656
防盗版举报电话	(028) 86361653
照　　排	四川胜翔数码印务设计有限公司
印　　刷	成都兴怡包装装潢有限公司
成品尺寸	155mm×230mm
印　　张	13.75
字　　数	150 千
版　　次	2024 年 1 月第 1 版
印　　次	2024 年 1 月第 1 次印刷
书　　号	ISBN 978-7-220-13429-6
定　　价	69.00 元

编选说明

一、本书编选宗旨：站在新世纪回眸百年中国文学，以其艺术精品展示后人，为未来中国保留一份 20 世纪中国文学的"古文观止"。

二、本书编选性质：既为广大中文专业的本科和专科学生提供一部篇幅不大、内容精要、适合阅读学习的 20 世纪中国文学作品选，也为一般文学爱好者提供一部艺术性强，并且凝聚了现代中国知识分子美好精神境界的美文选，值得读者欣赏和珍藏。

三、本书编选范围：20 世纪文学中的优秀作品，以现代汉语创作为主，包括小说、诗歌、散文、戏剧。长篇小说和篇幅过长的中篇小说选取其最能体现作家艺术成就的精彩片段；但一般的中篇小说、短篇小说均收录全篇。篇幅过长的诗歌和多幕戏剧也采取选其精彩片段的方法。散文包括抒情性散文、议论性散文、杂文和其他相关文体，但不包括篇幅较大的报告文学和理论批评文章。一般不选入旧体诗词。

四、本书编选体例：其顺序为［1］篇名；［2］作家简介；［3］作品正文；［4］作家的话；［5］评论家的话。其中［4］选取作家本人有关的创作谈。如一时找不到的，则空缺。［5］选取较权威的评论家已发表的对所选作品的批评或就作家整体风格的批评意见。通常选一到两则。如一时找不到的，由参与本书编辑工作的有关人员撰写，但不标"评论家的话"，而标"推荐者的话"，以示区别。

五、本书编选原则：本书强调感人的语言艺术和知识分子人格力量相融合的审美标准，强调真正的艺术创造是超越时间和空间限制而永存于世的文学观念，一般不考虑文学史的需要，不考虑思潮流派的代表性，也不考虑作家在现实社会中的地位和影响。

六、本书编选方式：本书所选作品，要求选其最好的版本。若有作家多次修改的作品，应在比较各种版本的基础上，以其艺术表现最成熟的版本为准，也会参考其他版本稍作修改。

七、本书编排顺序：基本按作品写作时间的前后排列，若无从考其写作年月，则以其初刊年月为准。相同作家的作品，也按其写作或发表时间的前后排列。

八、本书初版由复旦大学中文系现代文学教研室与中央广播电视大学等单位共同编辑，陈思和与李平担任主编，邓逸群与宋炳辉担任副主编，共同负责全书的策划、协调、审读、定稿等工作。参加工作的具体人员是：王东明、苏兴良、李平、钱旭初、韩鲁华、陈利群（主要负责小说编选）；李振声、张新颖、宋炳辉、梁永安（主要负责诗歌与散文作品的编选）；杨竞人、邓逸群（负责戏剧作品的编选）。另外，张业松也参加过部分工作。本书初版由上海学林出版社 1999 年出版。

本次修订，主要由宋炳辉负责，参与者有：郜元宝、张新颖、王光东、宋明炜、段怀清、金理等。陈思和最后审定。此次修订，对当代部分做了一些调整，新增了韩松、王小波、迟子建、阎连科等作家的相关篇目。

九、我们必须声明的是，这并不是十全十美的选本，更不是唯一的经典的选本，它只是一个能够比较自由地表达编者的文学审美观念的选本，希望读者能够从中获得人格的影响和美的熏陶。对于有些地区的作品（如香港、台湾地区等），因为资料的缺乏和信息的不敏，我们并无十分的把握，难免有遗珠之憾。"作家的话"和"评论家的话"两部分，因为不能翻阅所有的资料，肯定有许多选得不甚到位。我们希望读者能给以认真的批评和建议，以便以后再版时能有所修订增补，使其尽可能地接近于完美。

主编：陈思和　宋炳辉

目 录
CONTENTS

罗 门

麦坚利堡

罗门，原名韩仁存。1928 年生于海南文昌。1942 年入空军幼年学校学习。1948 年转入杭州笕桥空军飞行学校，1949 年随校去台湾。1954 年开始发表诗作，为蓝星诗社成员。曾与诗人蓉子合编《蓝星诗刊》。后任蓝星诗社社长。出版有诗集《曙光》《第九日的底流》《日月集》《死亡之塔》《隐形的椅子》《旷野》《日月行踪》等，并有诗论多种，另有《罗门编年诗选》《罗门创作大系》（十卷本）行世。其诗作执着于心灵的探索，生命与死亡是他经常的题材，具有较强的抒情性，注重比喻和象征手法的运用，意象密集而缤纷。2017 年于台北逝世。

超过伟大的

　　是人类对伟大已感到茫然

战争坐在此哭谁

它的笑声　曾使七万个灵魂陷落在比睡眠还深的地带

太阳已冷　星月已冷　太平洋的浪被炮火煮开也都冷了

史密斯　威廉斯　烟花节光荣伸不出手来接你们回家

你们的名字运回故乡　比入冬的海水还冷

在死亡的喧噪里　你们的无救　上帝的手呢

血已把伟大的纪念冲洗了出来

战争都哭了　伟大它为什么不笑

七万朵十字花　围成园　排成林　绕成百合的村

在风中不动　在雨里也不动

沉默给马尼拉海湾看　苍白给游客们的照相机看

史密斯　威廉斯　在死亡紊乱的镜面上　我只想知道

　　那里是你们童幼时眼睛常去玩的地方

　　　　那地方藏有春日的录音带与彩色的幻灯片

麦坚利堡　鸟都不叫了　树叶也怕动

凡是声音都会使这里的静默受击出血

空间与空间绝缘　时间逃离钟表

这里比灰暗的天地线还少说话　永恒无声

美丽的无音房　死者的花园　活人的风景区

神来过　敬仰来过　汽车与都市也都来过

而史密斯　威廉斯　你们是不来也不去了

静止如取下担心的表面　看不清岁月的脸

在日光的夜里　星灭的晚上

你们的盲睛不分季节地睡着

睡醒了一个死不透的世界

睡熟了麦坚利堡绿得格外忧郁的草场

死神将圣品挤满在嘶喊的大理石上

给升满的星条旗看　给不朽看　给云看

麦坚利堡是浪花已塑成碑林的陆上太平洋

一幅悲天泣地的大浮雕　挂入死亡最黑的背景

七万个故事焚毁于白色不安的颤怵

史密斯　威廉斯　当落日烧红满野芒果林于昏暮

神都将急急离去　星也落尽

你们是哪里也不去了

太平洋阴森的海底是没有门的

〔注〕麦坚利堡（Fort Mckinly）是纪念第二次大战期间七万美军在
太平洋地区战亡；美国人在马尼拉城郊，以七万座大理石十字架，
分别刻着死者的出生地与名字，非常壮观也非常凄惨地排列在空
旷的绿坡上，展览着太平洋悲壮的战况，以及人类悲惨的命运，
七万个彩色的故事，是被死亡永远埋住了，这个世界在都市喧噪

的射程之外，这里的空灵有着伟大与不安的战栗，山林的鸟被吓住都不叫了。静得多么可怕，静得连上帝都感到寂寞不敢留下；马尼拉海湾在远处闪目，芒果林与凤凰木连绵遍野，景色美得太过忧伤。天蓝，旗动，令人肃然起敬；天黑，旗静，周围便黯然无声，被死亡的阴影重压着……作者本人最近因公赴菲，曾与菲作家施颖洲、亚薇及画家朱一雄家人往游此地，并站在史密斯、威廉斯的十字架前拍照。

1961 年

选自《罗门创作大系》

台湾文史哲出版社 1995 年版

作家的话 ◇◇

（一）这首诗确定了我个人的创作观与特殊的风格——诗人必须用"生命"非用"智识"写诗；诗人必须向"生命"与"艺术"进行双向投资。所以在诗创作世界的"艺术马戏团"里，我选择的，不是耍扑克牌，耍魔术，或者把一个人装在箱内，左、右、上、下用刀用锯乱锯，最后人活着出来，虚惊一场……而是选择高空飞人与走钢索，将"生命"与"艺术"一同放在"真实"的惊视的过程中，引起心灵颤动。《麦坚利堡》诗，便是紧紧抓住这一种创作意图与企向，因而使我确认诗不只是一种游戏与玩具；也不是用技巧与方法去追"智识与学问橱窗里的思想模型"，而是呈现具有深度美的"生命"。

（二）这首诗使我理解到战争、死亡、痛苦、悲剧甚至荒谬空无等在人类内心中所引发的深一层的生存意义及其战栗性的美，是至为严肃的。

（三）这首诗，是我创作几个重大思想主题中表现"战争"主题的第一首诗，具有纪念性的意义。虽然后来写的《板门店38度线》与《时空奏鸣曲——遥望广九铁路》两首战争诗，较《麦》诗更具多面性与大幅度的展现，但毕竟《麦》诗的诗思较集中、凝练，爆发力较强，揭露战争所引发的悲剧性与人道精神也较强烈。

《罗门创作大系·〈麦坚利堡〉特辑·自序》

评论家的话 ◈

《麦坚利堡》不是一般的和平或反战的作品，人道精神加上对于生命哲学思考，成为一股强悍的暴风呼啸在麦坚利堡巨大悲壮造成的雄浑之中。仅有心灵的博大或思考的深刻不会产生大诗。罗门在这里运用了娴熟的艺术，极度渲染这硕大墓园惊人的静默和冰冷。当一切都失去音响并陷入巨大无比的静默时，死亡肆意的喧嚣便突现了出来。当太阳和星辰都冰冷，甚至连太平洋那曾被炮火灼热的海浪也都冰冷，面对那一片冰冷的十字架群，却有一片为人性的热情所燃烧的诗心。罗门利用强烈反差对比使艺术的实现臻于至境。

中国幅员之广大以及历史的悠久深厚，易于造成一般诗人的文化心理自足状态。中国诗人很难就此跨出一步，即使是曾经远涉重洋的游子，跨出之后也常收回那迈出的一步而重返那一种封固停滞的古典氛围和情趣之中。因此中国新诗史上真正进入世界的诗人并不多见，这就使我们饶有兴味地面对罗门所展现的这一片奇异的天空。

罗门的天空辽阔浩大并不由于题材涉及的广泛，而是他的文化心理的姿态。他的心装容了世界，他用中国人的心灵去感知那个世界，因此浩大壮阔之中拥有了东方型的温情和含蓄。

谢冕：《罗门的天空》

罗门的《麦坚利堡》是比较"坚"实的力作。他的第二行"使七万个灵魂陷落在比睡眠还深的地带"很可能受余光中诗的影响，但也可以说是"青出于蓝"。罗诗结构颇为紧密；如果这样长的诗一有塌陷之感，作者的心血便白耗了，但这首诗似乎也是"在风中不动，在雨里也不动"的。假如要找它的弱点也并不太难，但那只是细节上的——由于作者对文字的控御能力始终尚未达到最佳的境况，有些修辞和择字上的差错仍未能免。诗前的二行序句，便有条理欠通之嫌。至如"太平洋的浪被炮火煮开也都冷了"的"煮开"；"这里比灰暗的天地线还少说话"的"少说话"；"眼睛常去玩的地方"的"玩"诸字词，虽然有通俗的优点，在这样一首气象庄严的诗中却是足以破坏统整的情调的。罗门常常不能防范这种自损。

除了上述的缺憾外，罗门这首诗是气魄宏壮，表现杰出的。在这里既没有浪费太多的意象，也没有因他个人特殊的理念而显出晦涩的倾向（这些都是他一向易犯的）；而且真正地使人感觉到自己读了这首诗，就如身历了那座庄穆而能兴起"前不见古人，后不见来者"之念的纪念堡。我不想引太多割截下来的佳句，因为它正像"一幅悲天泣地的大浮雕"！作者在处理这首诗时，他的赤子之诚，他的对于历史时空的伟大感、寂寥感，都一一地注入那空前悲壮的对象中。

张健：《评三首〈麦坚利堡〉》

孙　犁

黄　鹂 ◈

——病期琐事

　　孙犁，原名孙树勋，1913 年出生于河北安平。中小学时代开始接受五四新文学及外国文学的影响。高中毕业后历任职员、小学教师。抗战爆发后，在冀中从事抗日宣传、教育和文化工作，1949 年随中国人民解放军到天津，在《天津日报》文艺副刊当编辑。新中国成立前，以短篇小说《荷花淀》等作品驰誉文坛。1949 年后，又出版《白洋淀纪事》《风云初记》《铁木前传》等小说作品。20 世纪 60 年代初起，创作渐少。新时期以来主要从事散文写作，出版《秀露集》《尺泽集》《老荒集》等散文随笔集多种，有《孙犁文集》行世。其早期作品大多反映冀中地区农村生活，具有浓郁的乡土气息与时代精神，清新、质朴、简洁、明净，形象鲜明，语言如行云流水，富有独特的艺术魅力。晚近所作的散文随笔，则多沧桑之笔而以平淡出之，意蕴悠深。2002 年 7 月 11 日去世。

这种鸟儿，在我的家乡好像很少见。童年时，我很迷恋过一阵捕捉鸟儿的勾当。但是，无论春末夏初在麦苗地或油菜地里追逐红靛儿，或是天高气爽的秋季，奔跑在柳树下面网罗虎不拉儿的时候，都好像没有见过这种鸟儿。它既不在我那小小的村庄后边高大的白杨树上同鹡鸰儿一同鸣叫，也不在村南边那片神秘的大苇塘里和苇咋儿一块筑窠。

初次见到它，是在阜平县的山村。那是抗日战争期间，在不断的炮火洗礼中，有时清晨起来，在茅屋后面或是山脚下的丛林里，我听到了黄鹂的尖利的富有召唤性和启发性的啼叫。可是，它们飞起来，迅若流星，在密密的树枝树叶里忽隐忽现，常常是在我仰视的眼前一闪而过，金黄的羽毛上映照着阳光，美丽极了，想多看一眼都很困难。

因为职业的关系，对于美的事物的追求，真是有些奇怪，有时简直近于一种狂热。在战争不暇的日子里，这种观察飞禽走兽的闲情逸致，不知对我的身心情感，起着什么性质的影响。

前几年，终于病了。为了疗养，来到了多年向往的青岛。春天，我移居到离海边很近，只隔着一片杨树林洼地的一幢小楼房里。有很长的一段时间，我一个人住在这里，清晨黄昏，我常常到那杨树林里散步。有一天，我发现有两只黄鹂飞来了。

这一次，它们好像喜爱这里的林木深密幽静，也好像是要在这里产卵孵雏，并不匆匆离开，大有在这里安家落户的意思。

每天，天一发亮，我听到它们的叫声，就轻轻打开窗帘，从楼上可以看见它们互相追逐，互相逗闹，有时候看得淋漓尽致，对我来说，这真是饱享眼福了。

观赏黄鹂，竟成了我的一种日课。一听到它们叫唤，心里就很高兴，视线也就转到杨树上，我很担心它们一旦要离此他去。这里是很安静的，甚至有些近于荒凉，它们也许会安心居住下去的。我在树林里徘徊着，仰望着，有时坐在小石凳上谛听着，但总找不到它们的窠巢所在，它们是怎样安排自己的住室和产房的呢？

一天清晨，我又到树林里散步，和我患同一种病症的史同志手里拿着一支猎枪，正在瞄准树上。

"打什么鸟儿？"我赶紧过去问。

"打黄鹂！"老史兴致勃勃地说，"你看看我的枪法。"

这时候，我不想欣赏他的枪技，我但愿他的枪法不准。他瞄了一会儿，黄鹂发觉飞走了。乘此机会，我以老病友的资格，请他不要射击黄鹂，因为我很喜欢这种鸟儿。

我很感激老史同志对友谊的尊重。他立刻答应了我的要求，没有丝毫不平之气。并且说：

"养病么，喜欢什么就多看看，多听听。"

这是真诚的同病相怜。他玩猎枪，也是为了养病，能在兴头儿上照顾旁人，这种品质不是很难得吗？

有一次，在东海岸的长堤上，一位穿皮大衣戴皮帽的中年人，只是为了讨取身边女朋友的一笑，就开枪射死了一只回翔在天空的海鸥。一群海鸥受惊远扬，被射死的海鸥落在海面上，被怒涛拍击漂卷。胜利品无法取到，那位女人请在海面上操作的海带培养工人帮助打捞，工人们愤怒地掉头划船而去。这给我留下了深刻的印象。回到房子里，无可奈何地写了几句诗，也终于没有完成，因为契诃夫在好几种作品里写到了这种人。我的笔墨又怎能更多地为他们的业绩生色？在他们的房间里，只挂着契诃夫为他们写的褒词就够了。

愧惜的是，我的朋友的高尚情谊，不能得到这两只惊弓之鸟的理解，它们竟一去不返。从此，清晨起来，白杨萧萧，再也听不到那种清脆的叫声。夏天来了，我忙着到浴场去游泳，渐渐把它们忘掉了。

有一天我去逛鸟市。那地方卖鸟儿的很少了，现在生产第一，游闲事物，相应减少，是很自然的。在一处转角地方，有一个卖鸟笼的老头儿，坐在一条板凳上，手里玩弄着一只黄鹂。黄鹂系在一根木棍上，一会儿悬空吊着，一会儿被拉上来。我站住了，我望着黄鹂，忽然觉得它的焦黄的羽毛，它的嘴眼和爪子，都带有一种凄惨的神气。

"你要吗？多好玩儿！"老头儿望望我问了。

"我不要。"我转身走开了。

我想，这种鸟儿是不能饲养的，它不久会被折磨得死去。这种鸟儿，即使在动物园里，也不能从容地生活下去吧，它需要的天地太宽阔了。

从此，有很长一段时间，我不再想起黄鹂。第二年春季，我到了太湖，在江南，我才理解了"杂花生树，群莺乱飞"这两句文章的好处。

是的，这里的湖光山色，密柳长堤；这里的茂林修竹，桑田苇泊；这里的乍雨乍晴的天气，使我看到了黄鹂的全部美丽，这是一种极致。

是的，它们的啼叫，是要伴着春雨、宿露，它们的飞翔，是要伴着朝霞和彩虹的。这里才是它们真正的家乡，安居乐业的所在。

各种事物都有它的极致。虎啸深山，鱼游潭底，驼走大漠，雁排长空，这就是它们的极致。

在一定的环境里，才能发挥这种极致。这就是形色神态和环境的自然结合和相互发挥，这就是景物一体。典型环境中的典型性格，也可以从这个角度来理解吧。这正是在艺术上不容易遇到的一种境界。

1962年4月

选自《孙犁文集》第4卷

百花文艺出版社1982年版

作家的话 ◇◇

我以为中国散文之规律有二：一曰感发。所谓感发，即作者心中有所郁结，无可告语，遇有景物，触而发之，形成文字。韩柳欧苏之散文名作，无不如此。然人之遭遇不同，性格各异，对事物的看法不同，因之虽都是感发，其方面，其深浅，其情调，自不能相同，因之才有各式各样的风格。

二曰含蓄。人有所欲言，然碍于环境，多不能畅所欲言；或能畅所欲言，作者愿所谈有哲理，能启发。故历来散文，多尚含蓄，不能一语道破，一揭到底。

《散文的感发与含蓄》

评论家的话 ◈

读孙犁的文章，如读《石门铭》的书帖，其一笔一画，令人舒服，也能想见到书家书时的自在，是没有任何疾病的自在。好文章好在了不觉得它是文章，所以在孙犁那里难寻着技巧，也无法看到才华横溢处，《爨宝子》虽然也好，郑燮的六分半也好，但都好在奇与怪上，失之于清正。而世上最难得的就是清正。

贾平四：《孙犁论》

陈翔鹤

广陵散

陈翔鹤，生于1901年，重庆人。1919年毕业于省立成都一中，1920年入上海复旦大学外语系，1923年开始文学活动，和冯至等人在上海成立浅草社，同年转入北京大学当特别生（即研究生），1925年在北京又和浅草社部分同人与杨晦成立沉钟社。1949年前出版有短篇集《不安定的灵魂》（1927）、《在阪道上》（1927）、《独身者》（1936）、《鹰爪李三及其他》（1942），中篇《写在冬空》（1934），剧本《沾泥飞絮》《狂飙之夜》《落花》《雪霄》等。1949年后主要从事编辑工作，发表有短篇《喜筵》（1954）、《方教授的新居》（1956）、《陶渊明写挽歌》（1962）、《广陵散》（1962）、《张黑七上西天》（1962）等。1969年因政治迫害含恨去世。

一

在魏朝最末一个皇帝，少帝曹奂的景元二年（纪元 261 年）的某一个初冬早晨，当时被称为"竹林七贤"之一的嵇康同他十三岁的女儿阿凤，八岁的儿子阿绍和婢女阿勤，正在他住宅外院里打铁。这个小小的铁工场，就设在那棵枝条茂密，绿荫几乎遮遍着半个院子的巨大的柳树下面。铁砧墩的旁边不远就是一口深井。井旁边有个石水缸，正好作为打铁时"淬火"或"退火"之用。一到夏天，嵇康还喜欢将井水汲了起来，灌注到那围绕着大柳树的沟渠里去。这一泓清汪汪的沟水，使人看了觉得十分凉爽。而烧铁炉和附带的一个鼓排（风箱），以及煤渣铁块、大锤小锤等物，统被安置在靠柳荫的一个墙角落间，上面还搭有席篷，看来倒有点像间小屋子。

时间虽然已到初冬，但洛阳的天气却并不怎样寒冷，柳树也还没有脱叶，因此嵇康此刻只露髻、短褐、乌裤、赤脚草履，正挥动着大锤，在被阿凤用长铁钳子紧紧夹着的一块红铁上，一锤一锤地直打了下去。在起初几锤，铁花子还几乎如浪涛般飞奔四散，不过愈到末后，铁花子便愈加减少了，嵇康的锤下得也并不如以前的有力。这时阿凤才如释重负似的轻轻地吐了一口气。

"怎样，不行了吧？我就是在开头的几大锤上，特地需得人帮忙，并且也就只有觉得开头的几大锤有意思。阿凤，你看，这有多好啊：铁滓子好像流星一般四下乱溅，这一锤一锤的，简直就像打在自己的心尖尖上一样，多有意思！阿凤，现在好啦，你站过一边，

014

就让我自己一个人打吧！"

稽康说罢，便将阿凤手中的铁钳子接了过来，另外换上一个手锤，自己一下一下地继续去打那块已不大冒火花的红铁，看来他是想把这块铁打成一个锄头的毛坯子。阿凤站在一旁注视着她父亲的动作，有时用手去拢一拢自己额上掉下来的头发，或者擦一擦汗珠。这个发育得比她实际年纪还要健壮高大的女孩，身材的窈窕均匀颇有点像她的母亲，可是因为自来就娇生惯养的，所以在神气上却总不免要时常带着几分娇纵直憨之气。但对于打铁，她倒也很感兴趣，算得是稽康的一个好助手，不过体力有些不及阿勤罢了。

"姐姐，你去看看，阿勤总是爱在炉子里边乱翻乱抄的，她动得，就不许我动！向家叔叔又不来，他来了就不要阿勤管啦！"阿绍走了过来，面带严肃地说。这个身穿绀青色绢袄子的八岁小孩，头上梳着两个丫角，平时总不大轻于言笑，身体却并不比他姐姐健康。他脸色有点苍白，而且经常带着一种严肃而又很自信的表情。因此，全家人都叫他"小大人"。

"好啦，好啦，不用你管，你去玩吧。"稽康扬起头来说。

"真是，阿秀叔叔许久都不来啦，讨厌！……"阿凤说时，还用娇憨的语气"呸"了一口。

"这不好。小孩家可不准这样！拿去，换一块新的来。不要紧，没有阿秀，我们也可以办得了！"稽康认真地说。

于是阿凤便将那块现在已经发黑的铁夹了过来，送到火炉里面，去换阿勤已经烧好了的另外那一块。

他们父女和站在炉边烧铁的婢女阿勤，就像这样地继续工作着，大约有一个多时辰之后，大家都静默无声，严肃而且兴味盎然。这期间，只偶然可以听见从嵇康口中发出来的"嘀嘀"的声音。这就算是他在工作中的一种表情，而且也算是他对于铁和火花的一种礼赞！

关于朝廷的中散大夫嵇康爱打铁的特殊嗜好，在当时国都洛阳城，特别是在诸名士中间，固然早就流传开，而且已成为众所周知的事实了。不过流传得最快，而且被当时人视为美谈的，却在嵇康与贵公子钟会两人之间的关系上。据说有一次，嵇康正在家里打铁，他的好朋友向秀还在一旁"鼓排"。这时正为大将军司马昭所宠信的贵公子钟会便带着一大批宾从，声势煊赫，人呼马拥地到嵇康家里来了。他本来是想来同嵇康交朋友的。不想嵇康却毫不理睬他，竟至旁若无人似的各自挥锤不顾。向秀也仍旧鼓自己的排，同嵇康一样连头都不抬一抬。

等到钟会碰了一鼻子灰，起身要走时，嵇康才忽然问了他一句："何所闻而来？何所见而去？"那个来客也回答得很好："闻所闻而来，见所见而去。"从此以后，他们两家便再也不曾见面，大约算是决裂了。

"了不起！这一问一答都很好，真可谓一语破的，旗鼓相当，盛名之下，话不虚传啊！"

"也只有像嵇叔夜这样的名流，才敢于得罪钟会这样的当权得势的阔人啦！一般人哪里敢呢！"

"打铁不好，这很有失中散大夫的身份。而且也因此会得罪人。"

"他们两家不会因此便'兴怨'、'修怨'吗？嵇中散也太纵情任性啦，予人以难堪，这实在是太不应该的。"

当时洛阳城里的人们，就这样纷纷评论着这个在嵇、钟两人之间所发生的特殊事端。

二

　　就在这同一年当中，在嵇康的生活圈子内，又发生了不少对他具有深刻影响的事情。比如说，与他"著忘言之契"的"竹林七贤"之一的山涛，因为他自己由吏部郎转升大将军门下的从事中郎、散骑常侍，而正式向大将军司马昭推荐嵇康去代替自己以前主持选举担任过的吏部郎的职务，这件事使嵇康大吃一惊，同时也使他十分愤慨。由于一时的激动，他在知道消息之后，于一夜间，便奋笔直书地写了一封长信给山涛，用以表明自己的"不堪俗流"，和自己对于做吏部郎有"必不堪者七，甚不可者二"的情况，而且在信末还怨愤地同山涛绝了交。这封信的后果，由于他平时行事的任情而动，只求合乎心之所安，当然是不曾预料到的。不过其"甚不可者"的第一条，有这样的几句："又每非汤武而薄周孔，在人间不止此事，会显世教所不容。……"其意是专在指大将军司马昭而言，关于这一点，他自己心里倒也十分明确。而且近十多年来，自从邵陵厉公（曹芳）嘉平元年起，中间经过高贵乡公（曹髦），一直到现在少帝（曹奂）的景元二年，哪一个皇帝不是由司马氏一手拥立，又一手废掉呢？特别是到现在，大将军更比他的父兄司马懿和司马师还要跋扈，其不臣之心，简直是尽人皆知的了。而且最近，他又新近封晋公，加九赐，任相国，眼见得不久便会有"非常之举"，曹家的天下，大约就快要保不住了。当然，在这十年三帝的中间，也不是没有忠于魏室，起来诛奸除暴，反对司马氏专政的将领，例如太尉王凌与兖州刺史令狐愚，扬州都督毋丘俭与扬州刺史文钦，以及以后的征东大将军诸葛诞等人，就是因起兵而先后一个一个被司马氏父子杀戮掉的。而在这些人当中，毋丘俭还同嵇康有过交情。因而，这些事变便不能不对嵇康有着深刻影响。于是他平日的那种"心不存乎矜尚，情不系于所欲"，想要"越名教而任自然"的平静胸怀，就再也不能保持了。同时他对司马氏一家的反感，也一天一天地愈加强烈起来。他之所以写那封信去同山涛绝交，一方面是表示他对山涛想要拉他加入于司马氏一伙的不满，一方面也是对山涛党于司马氏的不满。

"欺人孤儿寡母以篡夺天下，实在不是大丈夫所当为！"像这样，正不能不是此刻嵇康暗地里的一种想法。

依照平日的习惯，向秀每隔上三两天，总是要来同嵇康打一次铁的，因为他也有爱打铁的同样嗜好。不想近些日里，他忽然不来了，这使嵇康全家都不能不觉得有些奇怪，尤其是孩子们更时常地念叨着他们的向家叔叔。不过有一天的下午，向秀竟又飘然而来了。从外表上看，他还是那样的脚登丝履，头戴折角巾，身穿月白色的袍服，显得格外的风致翩翩，身无点尘。一进门来，他便拉着阿绍的手往里面走，口里仍像往日般不住地叫着："阿凤，阿凤，我来啦，还不出来！"

嵇康的一家人，一见了向秀，都是那样的喜欢和兴奋，大家全用笑脸欢迎他。就连平日态度严肃、言语不多的嵇康，脸上也露出一丝丝如长兄见着小弟弟般的慈蔼柔和的笑容来。

"请坐，请坐。为什么长久不来了呢？今天真正难得，贵客临门！"被朝廷封为长乐亭主的嵇康的曹氏夫人也走了出来，对向秀这样说。

"主嫂，你好！不看见你们真正想死我啦！中心藏之，何日忘之！多日不见，还不来执一执手吗？"

"叔嫂不通问，外言不入于阃，内言不出于阃，难道连这一点礼法，你都不愿意遵守了吗？"她一边笑着说，一边仍旧将她那因经常做家务事而显得有点粗大的双手伸了过去。

"礼法，礼法，叔夜，你说说看，礼法可是为吾辈这样人而设的？主嫂？亭嫂？我真不知道要怎样叫才合适啦。"向秀还是执着她的手含笑调皮般的问。

"管它呢，随你的便吧。反正是些讨厌的名物儿。如果能不这样地叫岂不更好。"嵇康笑着回答说，同时皱了一下眉头。

向秀同嵇康在长榻上坐下了。嵇家的两个小孩一边一个，倚靠在他们的身边。

嵇康的住宅，共有三层，在洛阳城里只能算是中等以下的官员住宅。第一层即一进门有一棵大柳树和打铁炉的那个院子，并无房屋，只是一个空院。穿过一间从前是间大厅，而现在只用来堆存杂物的房屋，才是内院。内院的院落里直立着两棵高大的梧桐树，树身亭亭如盖，覆盖着了整个的院子。在树根和石台阶的沿缝里还长满着石菖蒲、书带草、虎耳草、铁线草和苔藓之类的东西，映得满阶庭都碧绿碧绿的，显得十分幽静。再走上几级石阶，便来到嵇康和向秀他们聚会的厅室里了。

作为嵇康招待客人、弹琴饮酒、吟啸赋诗之所的这间厅室，面积相当大，但陈列着的什物却并不多。只地下铺着草席，一个长榻，靠后屋正中放个三折屏风，在素绢的屏扆上，还画着有为当时人所崇敬的两个古代隐士荣启期、绮里季等人的故事画。长榻便被安放在这屏风的正当中，榻上铺着一片青毡，两头各放着一个衣桁。一张嵇康朝夕不离的七弦琴即用玄色的绢囊来装着挂在衣桁上面。此外，靠着右壁还放有一个"独坐"，但在独坐上却满堆着简策、卷轴，看来是不大预备来坐人的。左侧有个竹橱，里边放有茶药和些青瓷茶具。茶铛药炉紧靠橱边。从这里便是通到后院去的侧门了。

此刻嵇康和向秀都已脱去长袍，只各自露髻、短褐、盘腿地靠着"隐囊"，坐在长榻上。一会儿阿勤便将一个高足承盘托了出来，放在长榻上面了。嵇康的夫人接着也走了出来。这是一个非常秀美约有三十来岁的中年女人，皮肤洁白，身材婀娜健康，明目、修眉、皓齿。只脸形有点扁圆，颧骨也嫌略有点高，这与她脸上半部的韶秀之气好像有点不大相衬。所以与其说她美，倒不如说她俊要合适一些。大约因为要招待如像向秀这样一位平时总是赞美她的客人的缘故吧，她在后面已不觉装饰了一番：她头梳双鬟纷子髻，上绾白玉钗，脚登细草履，上穿紫丝布的绣襦，下配杏黄色的复绮裙；脸上也已薄施粉黛。她将承盘内的两个羽觞注满酒之后，正预备要走开，可是向秀却将她阻止着了：

"主嫂，你不也来坐坐吗？你知道，主不尝客是不饮的。"

"曹，你也来坐坐，阿秀又不是外人。"嵇康也接着这样说。于是他们三人便在长榻上面各据一方坐下了。两个小孩拿了承盘内的一个黄柑，各自跑开。

"这一向看不见人，你是在埋头注解你的《庄子》，还是到别的什么好地方游盘去了呢？"嵇康向客人举了一举杯，喝下一口酒，这样意味深长地问。

"回怀（县）去了一趟。正打算在家里安静一下，把那总也注不完的《秋水》《至乐》两篇注了出来，可是又听见了一些闲言杂语从洛阳传来，于是便再也坐不住了。回来后，又首先去拜访了一次山巨源公。"

"是不是大家都在谈论着我同他绝交的事情？其实这又哪里值得大惊小怪的呢。生当这种'季世'，如我辈朋友之间，合则来，不合则去，只要大家各行其志，心不存乎矜尚就得啦，又何必求之于形迹以内呢？"

嵇康虽然说得那样的从容，但在他广颡朗目，既高亢而又俊爽的脸上却不禁露出一种严峻的神色来。

"主嫂，一到你们家里来，我就有些'酒渴'，你让我多喝上几杯好吗？"很显然，向秀是想将气氛冲得更和缓一些。

"你喝吧，有的是酒。这是醹醯，还有荥阳的'土窟春'，富平的'石冻春'，剑南的'烧春'。你喝吧，家里样样都有。这鹿脯和松子都是从郏中得来的。你尝尝看，风鸡我看也好像不错。"曹氏夫人一面举箸劝客，一面更不住地替客人斟酒，而向秀也一直不停杯地喝了下去，好像真正有些酒渴。

"酒渴，渴饮。'饮客'客饮，一切岂不都是一样？岂不都只说明一个'且趣当生，奚遑死后'的旨趣？"嵇康接着也很有风趣地说。

"叔夜，你以为山巨源做了大官就变得不同了吗？其实并不这样。他个人意趣还是流连在披襟解带，一觞一咏之间呢。前天我们两人就一同喝了个痛快。"

"你真是个'饮客'呀！他怎么样？一定生了我的气了吧？"

"不呢，他才不生你的气呢。当然，自从他做了大将军府中的从事中郎以后，门庭间显然大变了：简直是车马盈门，兵卫森严。我也弄不明白，是不是一个大将军从事中郎的职位，在门口就可以排列起'棨戟'来？这样做，听说还是大将军亲自下的手令。"

"不谈这些，很没意味。你还是谈谈你们一觞一咏的情景吧。山巨源是不是还在吟咏他'民亦劳止，汔可小康。惠此中国，以绥四方'这几句呢？"

"不！这一次他咏的却是你的那封绝交书呀！他念过几句就举起杯来说，真是妙文，绝代妙文，来，且尽此一觞！他念，我听，我们一杯一杯地喝了下去，简直喝它个块然木然，形如槁木而心如死灰！"

"念到'足下旁通，多可而少怪'这句时，他一定会认为我是在骂他了？"嵇康意味深长地问，同时还眨了一下眼睛。

"不，不。适得其反。他认为这是你在对他过分的称赞。他说，旁通意即渊博，多可而少怪，意即宏大，单凭这两句，你就够得上他的一个知己了，值得满引一觞！叔夜，你说说看，你的真正意思是否是这样？"向秀一气说完之后，真的自己又喝干了一杯。

"哎，阿秀，阿秀，人之相知，贵相知心，山巨源这样对于我，真太叫人难以为怀了呀！不过，我做事总是从不后悔，主张人不应当生'悔吝之心'的。这封绝交书我是写过了，当然也决不后悔。不过其中的意思倒并不在对于山巨源，而是因为我自己的不堪俗流，怕滚入旋涡中去，自己在发自己的牢骚。写信给山巨源，只不过适逢其会罢了。像这样的事情，依我想，山巨源一定是能以体谅的。哎，阿秀，这个洛阳城，我想我是再也住不下去啦，……真正太没意趣！"嵇康感慨不胜地说着，不住地连连摇晃着自己的身体，而且还用手频频去拈理着自己那并不太长太多的胡须。这是他的一种习惯，随着便要把发鬐打散开来，让自己松散松散。关于这一点，曹氏夫人知道得很清楚，于是她便赶忙动手去解开嵇康的头发，同时还替他把头发整理了一整理。

"是的，太没意思。目下的时事，可真也不太美妙呀！昨天山巨源告诉我说，何曾在大庭广座间还面辱过阮嗣宗一次。他直接指着阮嗣宗的鼻子说，'卿恣情任性，败俗之人；如今忠贤执政，综核名实，若卿之徒，何可长也！'而且后来又对大将军说，'阮籍如此放荡，轻视礼法，何以训世？'幸亏大将军认为阮嗣宗是'度外人'，应当加以宽容，不然，阮嗣宗可就会很危殆的啦！"

"何曾这些鼠辈们，狐假虎威，作威作福，真正是无耻之极！他平时姬妾满前，日食万钱，骄奢淫逸到了极点，还说他的反对我们饮酒赋诗，弹琴啸歌，是为了要维持什么礼法，宣扬什么名教。好，将来若果他敢于触动我一根汗毛，我就非捶扁这般鼠辈不可！"嵇康边愤慨不胜地说着，边捏紧着拳头，伸出了他那筋肉隆起、强壮有力、时常打铁的胳膊来。

他再也忍不住了，于是便下得榻来，赤着脚，在室内草席上走来走去。

"叔夜，叔夜，你看你就这样的爱生闲气，还不快来陪阿秀喝酒。管它这些干什么，我们就是这样，不想升官发财，我们不管别人，别人也休想来管着我们。来吧，不要生气！……"曹氏夫人抚慰地劝解着嵇康。

"鼠辈，小人，……真正无耻之尤，虚伪无耻已极！……"嵇康仍然不停地在地下回旋着。

"你不是说要'穷则自得而无闷'吗？你看你现刻就不'自得'起来啦。来，让我咏几句诗给你听听：'郢人忽已逝，匠石寝不言。泽雉穷野草，灵龟乐泥蟠。……'你看这是谁作的诗？真有意思。"向秀曼声吟罢这几句诗之后，便放声地大笑起来，看来他似乎已经有几分醉意了。

嵇康复又回到榻上。大约他是被向秀这种高亢开朗的态度所吸引着，而且又听得他是在吟咏着自己"赠阮德如"的诗句，觉得很有意思。于是他也慢慢地平静下来，举觞去品味着自己亲手配制的术黄精酒，满满地喝上一大杯。

"阿秀，我实在不想留在这里了，打算离开洛阳，回到山阳城老家里去治田种药。反正我这个中散大夫的官儿又不负朝廷什么实责。你呢，还要留在洛阳吗？"

"我吗，随便怎样都可以。同你回山阳去找吕仲悌，还是灌我们的园，种我们的菜，或者回转家乡去注解《庄子》，在我全都是无可无不可的。不过，依我之见，我们还是走得远点的好。洛阳城，这个争名夺利的是非之所，真不是人待的地方。何况山巨源还告诉过我……"说到这里，向秀又有意识地停顿着，用眼睛去打量了一下坐在他对面的曹氏夫人。

"亭嫂，这本来是你们曹家同大将军两家自己的事情，可是也把我们这些不相干的人拉扯进去啦，让我们不得安生！听说大将军已经把叔夜写给山巨源的绝交书抄录去了，对于信内'每非汤武而薄周孔'的一句很不高兴。又听说钟会这小子也在大将军面前说叔夜的坏话，吕巽又在一旁加盐加醋的……"

"你说的不是吕长悌吗？"嵇康不禁大吃一惊地问。

"不错。正是这个狗彘不食、人面兽心的东西！叔夜，吕家的事情你是知道的，我们从前还把吕巽这种东西当作朋友看待呢，岂不是明珠暗投，可叹可惜！"

这一回可轮到是向秀再也不能冷静下去了，他皱眉咬牙地去解开自己的衣襟，好像有些透不过气来似的。

"吕长悌会中伤我？哦，到而今我可明白啦，这其中一定大有缘故！阿秀，你不知道阿都有多可怜啊，他含垢忍辱地听从了我的劝告，不再去举发他的哥哥，可是吕巽这东西，看来现在却仍在包藏祸心。……哎，不用提啦，走，我一定走，回转山阳去，越快越好，永世也不再到这座令人发呕的洛阳城来。……曹，你呢？回山阳去，你可舍得你那王府的娘家？"嵇康用炯炯发光的眼睛望着曹氏夫人。

"我？走，也一定走。我们全家都走！难道我还要吃娘家的奶才能过活不成！"曹氏夫人这样面带严肃坚决之色地回答。

"对，就这样吧。'岂为夸与名，憔悴使心悲。宁与燕雀翔，不随黄鹄飞。黄鹄游四海，中路将安归？'阿秀，你说阮嗣宗这诗写得有多妙！我每读一次，就未尝不体谅着他的苦心，而要为之流泪的。"嵇康又这样感慨颇深地说。

"阮嗣宗是个好人，诗如其人，亦足以与之千古的。不过他自己本人，恐怕也不会久于人世啦。像他这样的时常一醉几日几夜不醒，还能行吗？走，我们大家都走，洛阳虽好，终非久留之地呀！"

向秀说罢，就下得榻来，披上那件搭在衣桁上的月白细绢大袖袍服，准备告辞。

三

到景元三年的冬天，嵇康全家回到故乡山阳，不觉已经有一年左右的时光了。山阳旧宅本来是嵇康祖传下来的家业，房屋十分宽大。在屋后还有一块很大的园圃，简直是林木成荫，嘉果满园，这使得阿凤阿绍他们都非常高兴，他们活动的地方也更加宽广了。嵇康仍旧打铁，读书，弹琴，咏诗，讲究他所谓的"导养服食之术"。山阳城里因嵇康回来也算多了一个不计工价的铁匠，凡是与嵇康有关系的人家，都得到较多的铁器供给，大家都感到十分高兴。向秀已回自己故乡去著书立说。只有吕安因为自己的妻子受辱，家门不幸，却不遑安居。他时常面目憔悴、风尘仆仆地往来于东平、洛阳之间，平时很少来找嵇康。所以这时同嵇康往来的人就非常之少。因此，从表面看，嵇康的生活，似乎并无多大变化。不过在嵇康本人自身，不仅头上已增添了不少星星白发，同时语言也更加稀少了。一到下午来，他便开始饮他的术黄精酒，几乎每天都要喝个八九分醉；面皮也经常因醉酒而显得有些发青。并且时常半夜里独自起来弹琴，一直要叮叮咚咚地弹到天明。在眼神上也老是木呆呆的，仿佛在思索什么，或者是在等待盼望什么，使得曹氏夫人不能不有些担心。但当她一去问他时，他又说"没有什么，没有什么，一切都很好"。不然就只是笑了笑，摇了摇头，什么也不说。这种情景，当然使曹氏夫人更加担心，但也没法去了解嵇康心里究竟在想些什么。

不料有一天，一个非常景仰嵇康，而且自称为嵇康学生的赵景真秀才，忽然从洛阳来拜访了。他们两人在厅室内低声地嘀咕了半天；因为是外客，又不比如对向秀般地可以内外不分，所以曹氏夫人也不便去听取他们在谈些什么。

等到客人走后，曹氏夫人去问他时，嵇康却只是摇了摇头，"哎"了一声，什么也没有说。不过当开晚饭时，眼见得嵇康不仅什么也没有吃，就连酒也不曾喝上一杯。他只是块然木然，心事重重地坐在席地上，倚着隐囊，看着孩子们在灯下吃饭。忽然他便向阿凤开口了："阿凤，你可想爸爸吗？""想爸爸？爸爸不就在这里吗？"阿凤天真地笑了起来，觉得有些奇怪，同时又觉得有些好笑，显然她认为爸爸是在说傻话。"我说的是往后！"嵇康又说。"想。'无父何怙，无母何恃'，当然是要想的！"那个平时沉默寡言，仿佛很有心眼的"小大人"阿绍很肯定地这样回答了一句。因为他新近才读完了《诗经》，所以在说话中不觉就引用了上去。

"想就好呀。阿凤简直是个小傻瓜！"嵇康说毕之后，便从席垫上立起身来，沉吟不已地走开了。这些反常的现象，都不能不引起曹氏夫人的惶惶不安，万分担心。

在这一夜晚里，曹氏夫人一眨眼也不曾睡着。正当她忧心忡忡，大睁着眼睛等待天明的时候，时间大约在寅时左右，忽然看见嵇康房间的灯光一亮，随着便见他蹑脚蹑手地走到自己的卧室里来了。曹氏夫人赶忙点上灯盏。

"曹，你还不曾睡着吗？这里可有我睡的地方？"嵇康隔着床幔问。

"来，请上来。这样宽的八尺之床，哪能没有你睡的地方？"曹氏夫人应声说。

嵇康便挨着他的妻子，并头地睡下了，同时更将灯吹灭。确实地，因为他自己近来的忧思太多，致使他忘记掉室家燕尔之乐，这在嵇康已经是很久以来的事了。

"曹啊，你可知道，今天赵景真来说，阿都出了事了呀！吕巽那小子在一年以前，竟然用酒灌醉、奸污了阿都的夫人徐氏，现在又秘密上表大将军，诬告他弟弟不孝，说他殴打自己的母亲。此刻阿都已经被'收'，关到司隶校尉的监狱里去了！而眼下，做司隶校尉的又正是我们的死对头钟会那小子！这件事情，本来早就有我的一分不是在内：一年多以前，阿都早就要上表去告发他哥哥的罪行，而且还要休掉他的妻子徐氏。可是我因为爱惜他们家门的名誉，把阿都挡住了。那时吕巽也向我用他父子六人的名誉来发誓，说以后决不因此去攻击阿都。可是现在，他反倒包藏祸心，自食其言了！这无异乎吕巽负了我，我又害了阿都。这件事我不能不管。大丈夫做事是不能这样畏首畏尾，卖友求安的。因此，我明天就打算起身到洛阳，亲自去证明阿都并无不孝事情，这一切都是由于吕巽淫污了他自己弟媳徐氏，想要杀人灭口，所以才造谣诬告别人。自然，事情的变化，一定是不会这样简单的：还有你们曹家和司马氏两家的关系在内哩；至少我总算是你们曹家的一门亲戚啊，所以这次一去我或许就回不来啦。曹，设有不幸，你会怪我吗？我们不应该结上这门姻亲！我自己脾气不好，时常得罪人，才种下这许多祸根。"

"叔夜，你可不能这样说，是我害了你！我不应该生在曹家，也不应该同你联姻。这些年来，我们不是相亲相爱，过活得很好的吗？不幸我竟是个曹家的女儿！"曹氏夫人用脸去贴紧着自己丈夫的脸，嵇康只觉得她脸上是湿漉漉的。

"事已至此，我们谁都不用怪谁啦。你知道，我做事向来就那样，只要合乎道义，问心无愧，便从不后悔的。我并不后悔我们的婚姻。因为这些都是出于父母之命，媒妁之言，我们两人谁都没有选择余地的。而且我也不曾贪图过你们曹家什么。假如我从此一去不返，你们又去依靠谁呢？你可想过吗？"

"不，我没想过。如果遇见困厄，公穆大哥，我想是可以照顾阿绍和我们的，你说，是吗？"曹氏夫人的声音已十分悲苦，但口气却很清朗坚决，显出了向秀平时所称赞她的明慧和刚强的气质来。

"当然，在生计方面，公穆大哥同我是亲弟兄，他是会照顾你们的。不过他同我究竟还是两路人。自从他从军，投奔司马氏以后，我们两弟兄就算是分道扬镳各不相关了。……"嵇康很明确地回答说。

"那么，向家阿秀呢？"

"阿秀是个好人。聪明好学，多情善感，也勉强算得是个'义理人'。可是他为人太软弱，经不起刀锋口在他头上晃上几晃！何况继我之后，司马氏的大刀头不正会转向阿秀的身上去吗？"

"那你说还有谁呢？"曹氏夫人的脸挨着嵇康的脸也挨得更紧了。

"哎，还用问吗，那就只有山巨源一个人呀，愈是没有我，他就愈是会照顾你们！"

"你不是同他绝了交吗？"曹氏夫人不禁有些迷惑起来了。

"曹，你哪里知道，人之相知，贵相知心。不管怎样，山巨源总算是个有识度，够得上做朋友的人呀！他懂得我，我也懂得他，所谓绝交，只不过气愤时的一句话罢了。我们从前早就互相品鉴过，他称我为'义理人'，我就称他为'事业人'。实际上，当时这样说，倒并不因为要引为嚷谈的。要真正有识度，才能有真正的事业，也才有才能去理解别人，其余的为公为卿者，都只不过是窃禄贪位，蝇营狗苟之辈罢了。还有，山巨源的韩氏夫人也很有见识，她同山巨源，也同我们两人一样，可称为一对佳偶。所以你以后若果有事去找她，她一定不会因为你是曹家女儿而便外待你的。好了，没有什么可说的啦。曹，最后一句话，就是凡事都不要'悔吝'，对于生死大事也同是一样。'司马昭之心，路人皆见'，他为了夺得政柄，是不惜杀掉所有忠于朝廷的人的！而其实呢，我早就是个遗落世事，崇尚老庄，任信自然的人。决不想忠于谁家，更不因为同你结了亲便想忠于曹家。哎，生当这种'季世'，真正是没有什么可多说的。……好啦，曹，我决定明天就要走啦。也许，也许如天之福我还能以回来。……"

"叔夜，叔夜，我们有不幸，多可怜呀！"曹氏夫人将嵇康紧紧搂着，一颗颗的眼泪直滴落在嵇康的脸上，嵇康也默默无言地紧搂着曹氏夫人，让自己的眼泪同他妻子的交流在了一起。

四

在嵇康自动去洛阳的途中，便遇见了司隶校尉派来收捕他的队伍，因此，嵇康是坐着"槛车"被押送到洛阳城的。一进得城，他便被投入了司隶校尉的狱中。

在狱里，仅仅只有几天工夫，他便写下了对吕安事件的申辩状，用铁的事实来证明吕安的无罪，所谓"挝母"之说，完全出于捏造。在这封辩状中，还极其严厉地指责了那时正做着大将军长史、炙手可热的吕巽的淫污弟媳，诬害自己兄弟的罪行。同时他又写下了他的那首情惨意恻，真挚动人的《幽愤诗》。在这首诗篇里有"……欲寡其过，谤议沸腾。性不伤物，频致怨憎。昔惭柳惠，今愧孙登。……"这样的几句。这首诗，一转眼间便传遍了全洛阳城，尤其在太学生中间不觉已引起了很大的波动。他所谓的"今愧孙登"，是指他有一次去见着隐士孙登，临别时，孙登却对他慨叹了一句"君性烈而才俊，其能免于今之世乎？"这件事而言的。

当在大将军府里朝会的时候，钟会和何曾这般人便攘袂瞋目地提出要杀戮吕安、嵇康的建议来了。他们对嵇康、吕安所下的罪状是"言论放荡，害时乱教"，理应"大辟"。但在大将军司马昭方面，却尚无明白表示。而正当此时，在历史上很著名的太学生第二次大请愿的事情便在洛阳城内发生了（太学生第一次大请愿的出现是在汉灵帝时王允杀掉蔡邕的那一次）。这一支浩浩荡荡三千多人的队伍，聚集在大将军的相府门前，一共有两个多时辰之久。他们的请求是不要杀掉嵇康，留下来给他们当老师。这一下可把负有维持京师治安之责的司隶校尉钟会骇坏了。当然，这个能说会道，在清流中也负有盛名，贵公子出身的大将军的宠臣、智囊是有办法的。于是这群天真的青年人，就被钟会口称什么"大将军爱才如命，求贤如渴"，"将来决不会过分，一定会有后命"，"凡事皆须静以处之"，等等圆滑的鬼话，软硬并施、连骗带哄地驱赶散了。

也就在太学生请愿那天的当夜，钟会在大将军厅室内同大将军嘀咕一阵之后，便从司马昭那里取得了"立即处决"的手令。而最能打动司马昭的心的，便是钟会诬枉嵇康前次有帮助毋丘俭起兵的迹象。他同时还说，嵇康是条"卧龙"，不能让他起来，如果一起后，便会难以制服了。单只看今天太学生请愿的情景，就可以推测出一个大概来，所以"宜因衅除之"。这样更赢得了大将军的频频点头称是。

一到第二天的黎明，凡是洛阳城内所能调动的兵马都出动了。钟会用的是迅雷不及掩耳的手法。首先是太学，其次是大将军府，都用重兵包围着。再其次是由司隶校尉监狱到建春门，再从建春门到城外东石桥的马市，这一条路完全戒严，三步一兵，五步一骑，断绝了行人交通。

等嵇康同吕安各自用一辆"槛车"，分别被押送到东石桥马市刑场的时候，那已经是巳时左右了。为了对朝廷的命官中散大夫表示一点敬意，他们都不曾被撕衣上绑，也不曾插上什么"法标"，只是两手被捆着，而且一到刑场便被马上解开。

嵇康同吕安都盘腿坐在被兵马团团围困着的刑场地面上。嵇康高大白皙，须眉舒朗，目光炯炯，神色凛然；他有时平静地向兵丁们平视着，有时又昂起头来，仿佛是在惊异着什么，又仿佛是在期待着什么。而吕安则面色苍白，垂头丧气；但有时自己也竭力振作一下，挺直着身体，咬紧着牙齿，用愤怒和凄惨的眼光去打量一下那些寒光闪闪，围绕着他的长枪短剑，大刀钩戟。

"阿都！……"嵇康开始叫了吕安一声，同时更用疑问和抚慰的眼光去向他打招呼。

"叔夜！……这是什么？这岂不是千古冤狱，人间黑暗！……"吕安本来是想对嵇康微笑一下的，可是他再也笑不出来了。只有两行眼泪很自然地从两颊上流了下来。

"不要这样，阿都！在我是'内负宿心，外恶良朋'的。"

这时不仅嵇康说不下去，而在吕安方面似乎也没有去听他在说些什么。

"哎，叔夜，叔夜……悠悠苍天，曷其……"吕安仍旧沿着自己的思路在想，仿佛想要说点什么而又说不明白。

"阿都，我们应当说'人之云亡，邦国殄瘁……无罪无辜，谗口嚣嚣'呀！"嵇康很明朗地说完这几句之后，似乎便不想再说什么了，于是他抬起头去望望天空中的太阳。这时日尚偏东，距离行刑的正午刻还有一段时间。中原地带的气候虽然比较温暖，但今天的太阳却显得白惨惨、冷飕飕的，大有点"幽州白日寒"的意味。

"可不可以把我的琴给我弹一弹？看起来时刻还早呢。"嵇康又望了望日影，这样对监刑官说。

一张雕斫得颇为古雅的七弦琴马上便被许可交给嵇康了。这个骑在马上的监刑官，虽系行伍出身，不通文理，但嵇康是一代名流，是朝廷的中散大夫，而且这件案子又处理得那样仓卒，不明不白，关于这几点，他却知道得很清楚。因此他不仅答应嵇康将琴殉葬，此刻又很爽快地命令将琴交给了嵇康。

嵇康盘腿坐着，将琴放在膝间，校正了弦徽，调好了琴弦，然后便洞东、东洞，悠悠扬扬地鼓弹了起来。起初，琴音似乎并不怎样协调，这正表明弹者内心还有些混乱，精神不大集中，未能将思想感情灌注到琴弦上去。随后，跟着曲调的进展，琴音已由低沉转向高亢，由缓慢趋于急促，这样便将鼓弹者和聆听者都一步一步地一同带到另一种境界里去了。这是一种微妙的境界，一种令人神志集中、高举、净化而忘我的音乐境界。更何况嵇康所弹的完全为一种"商音"，其特点正在于表达那种肃杀哀怨、悲痛惨切的情调！此刻刑场内简直鸦雀无声，静寂已极。兵士们甚至竟拄立着戈矛，歪斜着身体，低垂着头，去聆听和欣赏这种悠扬缓急、变化多端的琴韵。仿佛这不是刑场，他们也不是来执行杀人的任务，却是专门为听琴而来似的。

曲调反复哀怨地进行了许久许久，随后，终于戛然而止。嵇康从容地将琴放在一边，闭上一会儿眼睛，然后才低低地叹息一声，自言自语地说："这是《广陵散》。从前袁孝尼要向我学这个曲调，可是我不肯教他，从今以后，《广陵散》便会在人间绝迹了！哎，可惜，可惜！"

他说这话时，声音放得很低，仿佛并不在对任何人言讲，可是这却使全场的人都能清清楚楚听见。因为大家这时才如大梦方醒似的，心里觉得十分宁静、感动，以致场子内显得非常静寂。

等嵇康的话刚一完毕，就看见几匹快马从城内直奔刑场而来。这正是午时已到。那前捧令箭、后执黑旗的行刑官正是来执行那"司马昭之心路人皆见"的大将军的杀人命令的！

接着号角齐鸣，三通鼓响，黑旗一挥，嵇康和吕安，这两个绝世的文学家、思想家、音乐家，便残酷地、黑暗地、惨绝人寰地、被强迫停止了他们人生最后旅程！

嵇康死时刚四十岁。而吕安的年龄已不可考，大约比嵇康要小一些。

选自《人民文学》1962 年第 10 期

作家的话 ◈

　　这篇故事是想通过嵇康、吕安的无辜被杀，来反映一下在魏晋易代之际，由于封建统治阶级争夺王位和政权，一些具有反抗性、正义感的艺术家们，曾经遇见过怎样的一种惨痛不幸遭遇。像嵇康、吕安这样的人，如果生在今世，我们不难想象，是要在作家协会或音乐家协会的负责同志中才能找到他们，然而他们就是那样在最高封建统治阶级曹氏和司马氏两家内部斗争中白白作了牺牲。

　　在魏晋之际，封建贵族阶级当中曾经产生过一些优秀的艺术家，即当时所谓的"竹林七贤"。这七贤指的是嵇康、阮籍、山涛、刘伶、向秀、阮咸、王戎七位。因为他们常游竹林，所以被称为"竹林七贤"。"竹林"的所在地传说有二，一说在山阳，一说在怀县。他们聚会的时候，大都以饮酒清谈，弹琴赋诗为主；他们清谈娓娓的题目又大都以分析论辩老庄的哲理为主。在他们当中也有二三人喜欢操体力劳作，如嵇康的"好锻"（打铁），向秀同吕安在山阳的"灌园"。而且这些人，在某些方面都可称之为诗人或思想家。不过我们不要误会，以为他们会如汉代的"党锢之祸"的党人，或如明代的东林党那样，喜欢慷慨激昂地讥评朝政，月旦人物。而其实并不这样，他们大都是"发言玄远"，口不"臧否人物"，主张"喜怒不形于色"的。不过其中有一点，即用老庄哲学的放荡精神来反抗为当时统治阶级所尊重、所利用的儒家礼法，他们七人，在当时都很一致。当然，这就不能不与最高统治阶级有所冲突，且为他们的爪牙礼法之士们所嫉妒，欲得而甘心的了。

　　这七个人几乎全都出身于贵族阶级。其中的山涛、王戎、阮咸三人，以后还忠心、显达于晋朝。而阮籍、刘伶二人，则以远祸，复依维敷衍于司马氏之间（如陪宴侍坐之类）只有嵇康和向秀对司马氏一家却始终采取轻蔑和不合作的态度。嵇康、吕安的被杀，正不能不与此点有关。

嵇康的性格，说来也是颇为复杂的：他有崇尚老庄，信任自然，饮酒放荡的一面，也有任侠的一面。但关于他的任侠，究竟作何表现，则历史记载很不具体，难于加以说明。复次，他也还有庸俗落后的一面，如他教他的儿子如何小心翼翼地对人对事（见他所作的《家诫》），以及自己相信导养服食（服五石散及饵术黄精）可以长生不老之类。但他主要和可贵的，还在于他有"刚肠嫉恶"，"不堪俗流"，"非汤武而薄周孔"，反抗传统礼法的一面。

关于嵇康的被杀，其近因固然在于他的被牵连到吕安的"挞母"所谓不孝的事件里面去，而远因却又更为复杂，大约不外有以下几种：一，与魏宗室为婚，对司马氏又一贯采取决不敷衍的态度。二，与司马氏的宠臣钟会有私仇，至为其所谮。三，在他与山巨源绝交书中有"每非汤武而薄周孔"之语，这就更刺痛了正谋篡夺魏室王位的司马昭的心。四，则是他的一贯违反礼法的叛逆精神。至于什么吕安不孝事件，只不过当时统治阶级杀害善良的一种借口罢了，其实是并不重要的。

又在嵇康自己著作中，时常使用"季世"（语源出于《左传》）二字，意即"末世"。在清代曹雪芹的《红楼梦》中也时常使用此二字，可能就是从嵇康著作中借用来的。而且从此两字的命意中，也可以看出嵇康对于当时政治和社会的不满心怀。

因为本文中所描写和所提到的人物时常名、字、小字互用，恐易于混乱，所以特将较为主要的人物及一部分历史事实分别简单介绍如下，以节省读者精力。

①嵇康字叔夜（223—262），谯郡铚（今安徽宿县西）人。后徙居山阳。竹林七贤之一。与魏宗室为婚，拜中散大夫。他的集子有鲁迅先生手抄手校本《嵇康集》凡十卷，由人民文学出版社影印发行。他被杀害时年仅四十。

他是老庄派哲学思想家，诗人，音乐家。文学成就散文大于诗作。他的形象，据他本传是"身长七尺八寸，美词气，有风仪"。

②嵇康妻曹氏，为魏武帝之孙沛穆王曹林的孙女，封长乐亭主。

③嵇绍字延祖，嵇康子。后仕晋为侍中。在八王之乱中，以卫护晋惠帝，于永兴元年（304）在荡阴为乱兵所杀，以致"血溅帝衣"。他也长于音乐，有文采。嵇康死时他才九岁。文中他幼年时的形象是从他日后忠于所事的刚烈性格中推想出来的。

④嵇喜字公穆。嵇康兄。入世派。仕晋为扬州刺史，迁太仆宗正。他因谨守礼法，颇不礼于嵇康的朋友们：如阮籍曾以"白眼"待他，吕安曾喻他为"凡鸟"。

⑤山涛字巨源（204—283），河内怀人。竹林七贤之一。与司马氏有亲戚关系。仕晋位至吏部尚书，封新沓康伯。卒年七十九岁。他为人宽大缜密，极有识度。嵇康虽与他去过一封绝交书，但到临终时，却对他的儿子嵇绍说，"山巨源在，汝不孤矣！"又隔二十年，山涛复举嵇绍出来在晋朝做官，可见他们的友谊和相知是很深的，并不因有绝交书而便真正绝交。

⑥向秀字子期（生卒年待考），别号"饮客"。河内怀人。竹林七贤之一。在竹林七贤中最为好学，著《庄子解隐》二十卷，内中只《秋水》《至乐》两篇未注。后郭象注《庄子》时，据说已将他的

意见纳入自己的注解以内。又在嵇康集中载有他的《难嵇叔夜养生论》。

在嵇康被杀的第二年，眼看司马氏的屠刀就要临到自己的头上来了，他不得已，乃"应本郡计"，到洛阳去见司马昭，很屈辱地接受了他的官爵。后转晋朝的黄门侍郎、散骑常侍。但他并不曾实际参加司马氏政权，所以在他的本传中说"在朝不任职，容迹而已"。

他自洛阳回来，路经山阳，因追悼嵇康、吕安作《思旧赋》，序中曾说"嵇意远而疏，吕心旷而放"，算是对他屈死的朋友为人的一种品评。这篇短赋，文长不过二百五十七字，而言简意长，情辞悱恻，可称为悲悼文中的珍品。故刘宋时的诗人颜延之在《五君咏》中，咏《向常侍》，有"流连河里游，恻怆山阳赋"之句。

⑦阮籍字嗣宗（210—263），陈留尉氏（今河南尉氏县）人。竹林七贤之一。嵇康在绝交书中说"阮嗣宗，口不论人过，吾每师之，而未能及。至性过人，与物无伤，唯饮酒过差耳"。著有《咏怀诗》八十余首，感慨颇深，为后代咏怀诗流派之宗，在思想及艺术的成就上均极大。

在嵇康被杀的次年，他便死去了。他时常大醉七日七夜不醒，可以说是被酒醉死的。

⑧钟会字士季，颍川长社人。太傅钟繇的少子。贵公子出身的青年野心家，为司马氏一家的宠臣、智囊。他因为嵇康不理他而结成仇怨，故屡向司马氏进谗，竭力主张杀掉嵇康。杀嵇康时，他正做司隶校尉。司隶校尉这个官是督察畿辅的奸猾，专管逮捕刑狱等，权势极重，略同于后代的京师警察总监。

他后以伐蜀之役，谋窃据蜀，死于乱军之中。

⑨吕巽字长悌，东平人。冀州刺史吕昭之子。初与嵇康为友，后党于司马氏，又与钟会相勾结，任大将军长史。因奸污了美貌的弟媳徐氏，遂诬弟不孝挝母，致使吕安屈死于非命。嵇康曾与他写过一封绝交书，义正词严地揭发出他的阴谋和罪行。

⑩吕安字仲悌，小字阿都。与嵇康极相友善，"每一相思，辄千里命驾"。以被兄吕巽诬告，与嵇康同时被杀。

《广陵散·附记》

评论家的话 ◈

他对于嵇叔夜在受刑之前从容不迫顾日影而弹琴的事迹，尤为欣赏，他不止一次地向我谈过这个故事。由此可见，他在将及四十年后写出历史小说《广陵散》，并非一时的即兴，而是在头脑里蕴蓄很久了。……这次他说，小说中很大部分是根据鲁迅的《魏晋风度及文学与药及酒的关系》。鲁迅在这篇文章里还引用过《庄子》里的一句话："中国之君子，明于礼义而陋于知人心。"鲁迅引用了这句话后，接着说："这是确实的，大凡明于礼义，就一定在陋于知人心的，所以古代有许多人受了很大的冤枉。"翔鹤的用意，是要从"知人心"方面来描绘历史人物。我向他说，我愿意跟他合作，给古代著名的诗人每个人都绘制一幅剪影，通过具体的事迹体现他们的内心活动和思想特点。这样做，对古人也许会有所歪曲或误解，不符合实际，但力求用历史唯物主义的观点方法，探索诗人的精神世界，也许会有助于古典文学的理解吧。

冯至：《陈翔鹤选集·序》

陈映真
将军族

陈映真，原名陈永善，笔名许南村。1937 年生于台北。1957 年就读于淡江文理学院。1959 年开始文学创作。后参与创办《剧场》和《文学季刊》。1968 年被台湾当局以阅读禁书为名逮捕入狱，1975 年获释。1977 年参与"乡土文学"之争，维护台湾乡土文学的现实主义原则。后创办《人间》杂志，积极从事现实政治活动。著有《将军族》《第一件差事》《夜行货车》《山路》等短篇小说集。其作品多写知识分子理想破灭后的绝望心理，色调感伤悒郁。2016 年在北京病逝。

在十二月里，这真是个好天气。特别在出殡的日子，太阳那么绚烂地普照着，使丧家的人们也蒙上了一层隐秘的喜气了。有一支中音的萨士风在轻轻地吹奏着很东洋风的《荒城之月》。它听来感伤，但也和这天气一样地，有一种浪漫的悦乐之感。他为高个子修好了伸缩管，瘪起嘴将喇叭朝地下试吹了三个音，于是抬起来对着大街很富于温情地和着《荒城之月》。然后他忽然地停住了，他只吹了三个音。他睁大了本来细眯着的眼，他便这样地在伸缩的方向看见了伊。

高个子伸着手，将伸缩管喇叭接了去。高个子说：

"行了，行了。谢谢，谢谢。"

这样地说着，高个子若有所思地将喇叭夹在腋下，一手掏出一支皱得像蚯蚓一般的烟伸到他的眼前，差一点碰到了他的鼻子。他后退了一步，猛力地摇着头，瘪着嘴做出一个笑容。不过这样的笑容，和他要预备吹奏时的表情，是颇难于区别的。高个子便咬那烟，用手扶直了它，划了一根洋火烧红了一端，哔叽哔叽地抽了起来。他坐在一条长木凳上，心在很异样地悸动着。没有看见伊，已经有了五年了吧。但他却能一眼认出伊来。伊站在阳光里，将身子的重量放在左腿上，让臀部向左边划着十分优美的曼陀林琴的弧。还是那样的站法呵。然而如今伊变得很婷婷了。很多年前，伊也曾这样地站在他的面前。那时他们都在康乐队里，几乎每天都在大卡车的颠簸中到处表演。

"三角脸，唱个歌好吗！"伊说。声音沙哑，仿佛鸭子。

他猛然地回过头来，看见伊便是那样地站着，抱着一把吉他琴。伊那时又瘦又小，在月光中，尤其的显得好笑。

"很夜了，唱什么歌！"

然而伊只顾站着，那样地站着。他拍了拍沙滩，伊便很和顺地坐在他的旁边。月亮在海水上碎成许多闪闪的鱼鳞。

"那么说故事吧。"

"啰唆！"

"说一个就好。"伊说着，脱掉拖鞋，裸着的脚丫子便像蟋蟀似的钉进沙里去。

"十五六岁了，听什么故事！"

"说一个你们家里的故事。你们大陆上的故事。"

伊仰着头，月光很柔和地敷在伊的干枯的小脸，使伊的发育得很不好的身体，看来又笨又拙。他摸了摸他的已经开始有些儿秃发的头。他编扯过许多马贼、内战、死刑的故事。不过那并不是用来迷住像伊这样的貌美的女子的呵。他看着那些梳着长长的头发的女队员们张着小嘴，听得入神，真是赏心乐事。然而，除了听故事，伊们总是跟年轻的乐师泡着。这使他寂寞得很。乐师们常常这样地说：

"我们的三角脸，才真是柳下惠哩！"

而他便总是笑笑，红着那张确乎有些三角形的脸。

他接过吉他琴，撩拨了一组和弦。琴声在夜空中玲琮着。渔火在极远的地方又明又灭。他正苦于怀乡，说什么"家里的"故事呢？

"讲一个故事。讲一个猴子的故事。"他说，太息着。

他于是想起了一个故事。那是写在一本日本的小画册上的故事。在沦陷给日本的东北，他的姊姊曾说给他听过。他只看着五彩的小插画，一个猴子被卖给马戏团，备尝辛酸，历经苦楚。有一个月圆的夜，猴子想起了森林里的老家，想起了爸爸、妈妈、哥哥、姊姊……

伊坐在那里，抱着屈着的腿，很安静地哭着。他慌了起来，嗫嚅地说：

"开玩笑，怎么的了！"

伊站了起来。瘦愣愣地，仿佛一具着衣的骷髅。伊站了一会儿，逐渐地把重心放在左腿上，就是那样。

就是那样的。然而，于今伊却穿着一套稍嫌小了一些的制服。深蓝的底子，到处镶滚着金黄的花纹。十二月的阳光浴着伊，使那怵目得很的蓝色，看来柔和了些。伊的太阳眼镜的脸，比起往时要丰腴了许多。伊正专心地注视着天空中划着椭圆的鸽子们。一支红旗在向它们招摇。他原也可走进阳光里，叫伊：

"小瘦丫头儿！"

而伊也会用伊的有些沙哑的嗓门叫起来的吧。但他只是坐在那儿，望着伊。伊再也不是个"小瘦丫头儿"了。他觉得自己果然已在苍老着，像旧了的鼓，缀缀补补了的铜号那样，又丑陋，又凄凉。在康乐队里的那么些年，他才逐渐接近四十。然而一年一年地过着，倒也尚不识老去的滋味的。不知道那些女孩儿们和乐师们，都早已把他当作叔伯之辈了。然而他还只是笑笑。不是不服老，却是因着心身两面，一直都是放浪如素的缘故。他真正的开始觉得老，还正是那个晚上呢。

记得很清楚：那时对着那样地站着的，并且那样轻轻地淌泪的伊，始而惶惑，继而怜惜，终而油然产生了一种老迈的心情。想起来，他是从未有过这样的感觉的。从那个霎时起，他的心才改变成为一个有了年纪的人的心了。这样的心情，便立刻使他稳重自在。他接着说：

"开玩笑，这是怎么的了，小瘦丫头儿！"

伊没有回答。伊努力地抑压着，也终于没有了哭声。月亮真是美丽，那样静悄悄地照明着长长的沙滩、碉堡，和几栋营房，叫人实在弄不明白：何以造物要将这么美好的时刻，秘密地在阒无一人的夜更里展露呢？他捡起吉他琴，任意地拨了几个和弦。他小心地、讨好地、轻轻地唱着：

——王老七，养小鸡，

叽咯叽咯叽……

伊便不止地笑了起来。伊转过身来，用一只无肉的腿，向他轻轻地踢起一片细沙。伊忽然地又一个转身，擤了很多的鼻涕。他的心因着伊的活泼，像午后的花朵儿那样绽然地盛开起来。他唱着：

王老七……

伊揩好了鼻涕，盘腿坐在他的面前。伊说：

"有烟么？"

他赶忙搜了搜口袋，递过一支雪白的纸烟，为伊点上火。打火机发着殷红的火光，照着伊的鼻端。头一次他发现伊有一只很好的鼻子，瘦削、结实，且因留着一些鼻水，仿佛有些凉意。伊深深地吸了一口，低下头，用夹住烟的右手支着颐。左手在沙地上歪歪斜斜地画着许多小圆圈。伊说：

"三角脸，我讲个事情你听。"

说着，白白的烟从伊的低着的头，袅袅地飘了上来。他说：

"好呀，好呀。"

"哭一哭，好多了。"

"我讲的是猴子，又不是你。"

"差不多——"

"哦，你是猴子啦，小瘦丫头儿！"

"差不多。月亮也差不多。"

"嗯。"

"唉，唉！这月亮。我一吃饱饭就不对。原来月亮大了，我又想家了。"

"像我吧，连家都没有呢。"

"有家。有家是有家啦，有什么用呢？"

伊说着，以臀部为轴，转了一个半圆。伊对着那黄得发红的大月亮慢慢地抽着纸烟。烟烧得"丝丝"作响。伊掠了掠伊的头发，忽然说：

"三角脸。"

"呵。"他说，"很夜了，少胡思乱想。我何尝不想家吗？"

他于是站了起来。他用衣袖擦了擦吉他琴上的夜露，一根根放松了琴弦。伊依旧坐着，很小心地抽着一截烟屁股，然后一弹，一条火红的细弧在沙地上碎成万点星火。

"我想家，也恨家里。"伊说，"你会这样吗？——你不会。"

"小瘦丫头儿，"他说，将琴的胴体抬在肩上，仿佛扛着一支枪。他说："小瘦丫头，过去的事，想它做什么？我要像你：想，想！那我一天也不要活了！"

伊霍然地站立起来，拍着身上的沙粒。伊张着嘴巴打起哈欠来。眨了眨眼，伊看着他，低声地说：

"三角脸，你事情见得多。"伊停了一下，说，"可是你是断断不知道：一个人卖出去，是什么滋味。"

"哦，知道。"他猛然地说，睁大了眼睛。伊看着他的微秃的，果然有些儿三角形的脸，不禁笑了起来。

"就好像我们乡下的猪、牛那样地被卖掉了。两万五，卖给他两年。"伊说。

伊将手插进口袋里，耸起板板的小肩膀，背向着他，又逐渐地把重心移到左腿上。伊的右腿便在那里轻轻地踢着沙子，仿佛一只小马儿。

"带走的那一天，我一滴眼泪也没有。我娘躲在房里哭，哭得好响，故意让我听到。我就是一滴眼泪也没有。哼！"

"小瘦丫头！"他低声说。

伊转身望着他，看见他的脸很忧戚地歪扭着，伊便笑了起来：

"三角脸，你知道！你知道个屁呢！"

说着，伊又躬着身子，擤了一把鼻涕。伊说：

"夜了。睡觉了。"

他们于是向招待所走去。月光照着很滑稽的人影，也照着两行孤独的脚印。伊将手伸进他的臂弯里，瞌睡地张大嘴打着哈欠。他的臂弯感觉到伊的很瘦小的胸。但他的心却充满另外一种温暖。临分手的时候，他说：

"要是那时我走了之后，老婆有了女儿，大约也就是你这个年纪吧。"

伊扮了一个鬼脸，蹒跚地走向女队员的房间去。月在东方斜着，分外的圆了。

锣鼓队开始了作业了。密密的脆皮鼓伴着撼人的铜锣，逐渐使这静谧的午后扰骚了起来。他拉低了帽子，站立起来。他看见伊的左手一晃，在右腋里夹住一根银光闪烁的指挥棒。指挥棒的小铜球也随着那样一晃，有如马嘶一般地轻响起来。伊还是个指挥的呢！

许多也是穿着蓝制服的少女乐手们都集合拢了。伊们开始吹奏着把节拍拉慢了一倍的《马撒永眠黄泉下》的曲子。曲子在震耳欲聋的锣鼓声的夹缝里，悠然地飞扬着。混合着时歇时起的孝子贤孙们的哭声，和这么绚烂的阳光交织起来，便构成了人生、人死的喜剧了。他们的乐队也合拢了。于是像凑热闹似的，也随而吹奏起来了。高个子神气地伸缩着他的管乐器，很富于情感地吹着《游子吟》。也是将节拍拉长了一倍，仿佛什么曲子都能当安魂曲似的——只要拉慢节拍子，全行的。他把小喇叭凑在嘴上，然而他并不在真吹。他只是做着样子罢了。他看着伊颇为神气地指挥着，金黄的流苏随着棒子风舞着。不一会他便发觉了伊的指挥和乐声相差约有半拍。他这才记得伊是个轻度的音盲。

是的，伊是个音盲。所以伊在康乐队里，并不曾是个歌手。可是伊能跳很好的舞，而且也是个很好的女小丑，用一个红漆的破乒乓球，盖住伊唯一美丽的地方——鼻子，瘦板板地站在台上，于是台下卷起一片笑声。伊于是又眨了眨木然的眼，台下便又是一阵笑谑。伊在台上固然不唱歌，在台下也难得开口唱唱的。然而一旦不幸伊一下高兴起来，伊要咿咿呀呀地唱上好几小时，把一支好好的歌，唱得支离破碎，喑哑不成曲调。

有一个早晨，伊突然轻轻地唱起一支歌来。继而一支接着一支，唱得十分起劲。他在隔壁的房间修着乐器，无可奈何地听着那么折磨人的歌声。伊唱着说：

——这绿岛像一只船，

在月夜里漂呀漂……

唱过一遍，停了一会儿，便又从头唱起。一次比一次温柔，充满情感。忽然间，伊说：

"三角脸！"

他没有回答。伊轻轻地敲了敲三夹板的墙壁，说：

"喂，三角脸！"

"哎！"

"我家离绿岛很近。"

"神经病。"

"我家在台东。"

"……"

"他×的，好几年没回去了！"

"什么？"

"我好几年没回去了！"

"你还说一句什么？"

伊停了一会，忽然哧哧地笑了起来。伊轻轻地叹了一口气，说：

"三角脸。"

"啰唆！"

"有没有香烟？"

他站起来，从夹克口袋摸了一根纸烟，抛过三夹板给伊。他听见划火柴的声音。一缕青烟从伊的房间飘越过来，从他的小窗子飞逸而去。

"买了我的人把我带到花莲，"伊说，吐着嘴唇上的烟丝。伊接着说，"我说：我卖笑不卖身。他说不行，我便逃了。"

他停住手里的工作，躺在床上。天花板因漏雨而有些发霉了。他轻声说：

"原来你还是个逃犯哩！"

"怎么样？"伊大叫着说，"怎么样？报警去吗？呵？"

他笑了起来。

"早上收到家里的信，"伊说，"说为了我的逃走，家里要卖掉那么几小块田赔偿。"

"呵，呵呵。"

"活该，"伊说，"活该，活该！"

他们于是都沉默起来。他坐起身子来，搓着手上的铜锈。刚修好的小喇叭躺在桌子上，在窗口的光线里静悄悄地闪耀着白色的光。不知道怎样地，他觉得沉重起来。隔了一会，伊低声说：

"三角脸。"

他咽了一口气，忙说：

"哎。"

"三角脸，过两天我回家去。"

他细眯着眼望着窗外。忽然睁开眼睛，站立起来，嗫嚅地说：

"小瘦丫头儿！"

他听见伊有些自暴自弃地呻吟了一声，似乎在伸懒腰的样子。伊说：

"田不卖，已经活不好了，田卖了，更活不好了。卖不到我，妹妹就完了。"

他走到桌旁，拿起小喇叭，用衣角擦拭着它。铜管子逐渐发亮了，生着红的、紫的圈圈。他想了想，木然地说：

"小瘦丫头儿。"

"嗯。"

"小瘦丫头儿，听我说：如果有人借钱给你还债，行吗？"

伊沉吟了一会，忽然笑了起来。

"谁借钱给我？"伊说，"两万五咧！谁借给我？你吗？"

他等待伊笑完了，说：

"行吗？"

"行，行。"伊说，敲着三夹板的壁，"行呀！你借给我，我就做你的老婆。"

他的脸红了起来，仿佛伊就在他的面前那样。伊笑得喘不过气来，捺着肚子，扶着床板。伊说：

"别不好意思，三角脸。我知道你在壁板上挖了个小洞，看我睡觉。"

伊于是又爆笑起来。他在隔房里低下头，耳朵涨着猪肝那样的赭色。他无声地说：

"小瘦丫头儿……你不懂得我。"

那一晚，他始终不能成眠。第二天的深夜，他潜入伊的房间，在伊的枕头边留下三万元的存折，悄悄地离队出走了。一路上，他明明知道绝不是心疼着那些退伍金的，却不知道为什么止不住地流着眼泪。

几支曲子吹过去了。现在伊又站到阳光里。伊轻轻地脱下制帽，从袖卷中拉出手绢揩着脸，然后扶了扶太阳镜，有些许傲然地环视着几个围观的人。高个子挨近他，用痒痒的声音说：

"看看那指挥的，很挺的一个女的呀！"

说着，便歪着嘴，挖着鼻子。他没有作声，而终于很轻地笑了笑。但即便是这样轻的笑脸，都皱起满脸的皱纹来。伊留着一头乌油油的头发，高高地梳着一个小髻。脸上多长了肉，把伊的本来便很好的鼻子，衬托得尤其的精神了。他想着：一个生长，一个枯萎，才不过是五年先后的事！空气逐渐有些温热起来。鸽子们停在相对峙的三个屋顶上，凭那个养鸽的怎么样摇撼着红旗，都不起飞了。它们只是斜着头，愣愣地看着旗子，又拍了拍翅膀，而依旧只是依偎着停在那里。纸钱的灰在离地不高的地方打着卷、飞扬着。他站在那儿，忽然看见伊面向着他。从那张戴着太阳镜的脸，他很难确定伊是否看见了他。他有些青苍起来，手也有些抖索了。他看着伊也木然地站在那里，张着嘴。然后他看见伊向这边走来。他低下头，紧紧地抱着喇叭。

他感觉到一个蓝色的影子挨近他，迟疑了一会，便同他并立着靠在墙上，他的眼睛有些发热了，然而他只是低弯着头。

"请问——"伊说。

“……”

“是你吗?”伊说,“是你吗? 三角脸,是……”伊哽咽起来,“是你,是你。”

他听着伊哽咽的声音,便忽然沉着起来,就像海滩上的那夜一般。他低声说:

“小瘦丫头儿,你这傻小瘦丫头!”

他抬起头来,看见伊用绢子捂着鼻子、嘴。他看见伊那样地抑住自己,便知道伊果然的成长了。伊望着他,笑着。他没有看见这样的笑,怕也有数十年了。那年打完仗回到家,他的母亲便曾类似这样地笑过。忽然一阵振翼之声响起,鸽子们又飞翔起来了,斜斜地划着圈子。他们都望着那些鸽子,沉默起来,过了一会,他说:

“一直在看着你当指挥,神气得很呢!”

伊笑了笑。他看着伊的脸,太阳镜下面沾着一小滴泪珠儿,很精细地闪耀着。他笑着说:

“还是那样好哭吗?”

“好多了。”伊说着,低下了头。

他们又沉默了一会,都望着越划越远的鸽子们的圈圈儿。他夹着喇叭,说:

“我们走,谈谈话。”

他们并着肩走过愕然着的高个子。他说:

“我去了马上来。”

“呵呵。”高个子说。

伊走得很婷婷然,然而他却有些伛偻了,他们走完一栋走廊,走过一家小戏院,一排宿舍,又过了一座小石桥。一片田野迎着他们，很多的麻雀聚栖在高压线上。离开了充满香火和纸灰的气味，他们觉得空气是格外的清新舒爽了。不同的作物将田野涂成不同深浅的绿色的小方块。他们站住了好一会，都沉默着。一种从不曾有过的幸福的感觉涨满了他的胸膈。伊忽然地把手伸到他的臂弯里，他们便慢慢地走上一条小坡堤。伊低声地说：

"三角脸。"

"嗯。"

"你老了。"

他摸了摸秃了大半的、尖尖的头，抓着，便笑了起来。他说：

"老了，老了。"

"才不过四五年。"

"才不过四五年。可是一个日出，一个日落呀！"

"三角脸——。"

"在康乐队里的时候，日子还蛮好呢，"他紧紧地夹着伊的手，另一只手一晃一晃地玩着小喇叭。他接着说："走了以后，在外头儿混，我才真正懂得一个卖给人的人的滋味。"

他们忽然嚷着。他为自己的失言恼怒地瘪着松弛的脸。然而伊依然挽着他的臂。伊低下头，看着两只踱着的脚。过了一会儿，伊说：

"三角脸——。"

他垂头丧气，沉默不语。

"三角脸，给我一根烟。"伊说。

他为伊点上烟，双双坐了下来。伊吸了一阵，说：

"我终于真找到了你。"

他坐在那儿，搓着双手，想着些什么。他抬起头来，看着伊，轻轻地说：

"找我。找我做什么！"他激动起来了："还我钱是不是？……我可曾说错了话么？"

伊从太阳镜里望着他的苦恼的脸，便忽而将自己的制帽盖在他的秃头上。伊端详了一番，便自得其乐地笑了起来。

"不要弄成那样的脸吧！否则你这样子倒真像个将军呢！"伊说着，扶了扶眼镜。

"我不该说那句话。我老了，我该死。"

"瞎说。我找你，要来赔罪的。"伊又说。

"那天我看到你的银行存折，哭了一整天。他们说我吃了你的亏，你跑掉了。"伊笑了起来，他也笑了。

"我真没料到你是真好的人。"伊说，"那时你老了，找不上别人。我又小又丑，好欺负。三角脸。你不要生气，我当时老防着你呢！"

他的脸很吃力地红了起来。他不是对伊没有过欲情的。他和别的队员一样，一向是个狂嫖滥赌的独身汉。对于这样的人，欲情与美貌之间，并没有必然的关系的。伊接着说：

"我拿了你的钱回家，不料并不能息事。他们又带我到花莲。他们带我去见一个大胖子，大胖子用很尖很细的嗓子问我话。我一听他的口音同你一样，就很高兴。我对他说：'我卖笑，不卖身。'

"大胖子哧哧地笑了。不久他们弄瞎了我的左眼。"

他抢去伊的太阳镜，看见伊的左眼睑收缩地闭着。伊伸手要回眼镜，四平八稳地又戴了上去。伊说：

"然而我一点也没有怨恨。我早已决定这一生不论怎样也要活下来再见你一面。还钱是其次，我要告诉你我终于领会了。"

"我挣够给他们的数目，又积了三万元。两个月前才加入乐社里，不料就在这儿找到你了。"

"小瘦丫头！"他说。

"我说过我要做你老婆，"伊说，笑了一阵，"可惜我的身子已经不干净，不行了。"

"下一辈子吧！"他说，"我这副皮囊比你的还要恶臭不堪的。"

远远地响起了一片喧天的乐声。他看了看表，正是丧家出殡的时候。伊说：

"正对，下一辈子吧。那时我们都像婴儿那么干净。"

他们于是站了起来，沿着坡堤向深处走去。过不一会，他吹起《王者进行曲》，吹得兴起，便在堤上踏着正步，左右摇晃。伊大声地笑着，取回制帽戴上，挥舞着银色的指挥棒，走在他的前面，也走着正步。年轻的农夫和村童们在田野向他们招手，向他们欢呼着，两只三只的狗，也在四处吠了起来。太阳斜了的时候，他们的欢乐影子在长长的坡堤的那边消失了。

第二天早晨，人们在蔗田里发现一对尸首。男女都穿着乐队的制服，双手都交握于胸前。指挥棒和小喇叭很整齐地放置在脚前，闪闪发光，他们看来安详、滑稽，却另有一种滑稽中的威严。一个骑着单车的高大的农夫，于围睹的人群里看过了死尸后，在路上对另一个挑着水肥的矮小的农夫说：

"两个人躺得直挺挺地，规规矩矩，就像两位大将军呢！"

于是高大的和矮小的农夫都笑起来了。

选自台湾《现代文学》1964 年第 19 期

作家的话 ◈

问：你本身是台湾本地的人，但你也比较早在小说里面谈到台湾省籍问题。你的小说像《将军族》《夜行货车》都是强调外省人跟本省人的结合，而不是讲他们的矛盾。是什么原因促使你那么强调大陆人和台湾人要走在一起？

答：这跟我对所谓本省外省问题的看法有关。很多外国人，甚至于在香港的中国人从远远地看到在台湾有人提"台湾自决""台湾独立"，觉得那个地方大概本省人跟外省人有很深的矛盾。我以在那里生活了五十年的经验告诉你们，矛盾是有的，但在我个人来说，这矛盾的性质，和任何其他社会里存在的矛盾，没有根本的不同。

现在有少数一些人认为台湾人与外省人的矛盾是两个"民族"之间不可调和的矛盾。对于"民族矛盾"，我个人的理解是要有两个条件。当这两个条件互相重叠的时候，民族矛盾才成立。例如日据时代台湾的支配者跟被支配者的关系，在社会学上，凡是支配阶级在民族上都是日本人，凡是被支配阶级在民族上都是汉人，像这样一个阶级的条件，一个民族的条件，两者完全叠合的时候，才能说是民族矛盾。以这样的标准去衡量世界上例如南非黑种人民与白种人民的关系，那也是民族矛盾。

但如果用这个标准来衡量台湾，"外省人和本省人之间有民族矛盾"的提法，完全不是事实。因为在台北地下道、公园、火车站睡觉的，有台湾人也有外省人；在社会的最上层、在扶轮社、在最高贵的俱乐部，或者在大企业资本家阶级中，也同时有台湾人、外省人。这与日据时代就很不同，那时台湾地主资产阶级可以投资，可是他不可以管理，他没有企业的管理权。在日据时代的民族矛盾里不只有政治上的差别，还有人格上的差别。人格上的完全不对等，这是最重要的。比如教育上的差别，更是统治上差别的最重要条件。但这些差别在台湾都没有。当然我能充分理解台湾现代史遗留下来的问题所造成的伤痕，这方面我是完全同情的。

第二，把许多社会矛盾看成源自社会阶级的矛盾，而又比较没有省籍差异的看法，是与我少年时代的文学生活有很大关系。我在感情刚刚萌芽时就看鲁迅的作品，鲁迅和其他中国 20 世纪 30 年代的作品，在我的心中栽种了对于祖国中国的深厚情感。那种感情一直留到现在。

第三个我关心省籍问题的原因，是我在现实生活上看见本省人和外省人之间和谐的关系，并不如一些人看到的只有对抗的一面。从"二·二八"事变以来，一直有这种和谐的关系。事变开始的时候，有很多台湾人保护他们的外省朋友，把他们带回家中躲避。一直到现在，在同一个阶层中外省人和本省人的互相爱惜也很多，扶轮社内的本省外省人都是满口英文，互相交谈，好得不得了；然后在低层，在工会内工作的一些本省外省人，虽然言语不太通，也是一样好。所以，我们也应该看到这个现实面。

《陈映真访港答记者问》

评论家的话 ◇

在小说的风格方面，陈映真所表现的艺术感性（artistic sensibility），也清楚地显现着日据时代末期，在龙瑛宗、叶石涛等人的作品里成熟起来的厌悒的、纤丽的东洋色调，这个经过日本风情改造过了的自然主义的艺术风格，在五四以后的大陆文学中，它的影响，是远不如在台湾的普遍和深刻的。这艺术上的特质，使陈映真早期的社会特色浓厚的小说，一开始就以暗郁的调子，表现着从深渊浮现出来一般的美丽。

面对这被窒息了的庸俗的小市民社会，稍后的陈映真作品，大都由直接的敌对情绪，转变为一种普遍的不适感，也即他偏爱的"忧悒""悒悒"一类形容词所暗示的心灵威胁。这个变化，正如他最早的几篇作品的人物之以烈士般的熬苦、叛逆、自杀，把他们的人道主义信念绝不妥协地摆在世界面前，也正如他的作品的发声部位之由行动的问题人物转变为隐身遁迹的批判者一样，都显示着陈映真从不曾把思考由社会历史因素的底线游移开来，因而叛逆自杀之余，问题仍旧与小市民世界同时存在，仍旧周而复始地出现在他的作品里，而它的全部内容在他最早的几篇像狂歌（Rhapsody）一般的作品，清楚地表现出来。

施淑：《台湾的忧郁——论陈映真早期小说及其艺术》

白先勇

游园惊梦

　　白先勇，笔名有白黎、肖雷、郁金等。原籍江苏南京，1937年生于广西桂林，其父白崇禧原是国民党高级将领。抗日战争时先后在重庆、上海、南京居住过。1948年去香港，曾就读喇沙书院，后赴台湾。高中毕业后考入台湾成功大学水利工程系，不久转攻文学。1957年考入台湾大学外文系，1960年与欧阳子、陈若曦等创办《现代文学》杂志。1963年到美国爱荷华大学爱荷华作家工作室从事创作研究，1965年获硕士学位，后在美国加州大学圣巴巴拉分校任中国语言文学教授。1958年起发表小说创作，主要作品有小说集《寂寞的十七岁》《谪仙记》《台北人》，长篇小说《孽子》及散文集《蓦然回首》等。其作品"在主题上可以说为当代台湾的中上层社会塑下了多面的浮雕，在技巧上可以说熔中国古典小说和西洋小说于一炉"（余光中语），具有细腻、含蓄、深沉、优雅的鲜明风格。

钱夫人到达台北近郊天母窦公馆的时候，窦公馆门前两旁的汽车已经排满了，大多是官家的黑色小轿车．钱夫人坐的计程车开到门口她便命令司机停了下来。窦公馆的两扇铁门大敞，门灯高烧，大门两侧一边站了一个卫士，门口有个随从打扮的人正在那儿忙着招呼宾客的司机。钱夫人一下车，那个随从便赶紧迎了上来，他穿了一身藏青哔叽的中山装，两鬓花白。钱夫人从皮包里掏出了一张名片递给他，那个随从接过名片，即忙向钱夫人深深地行了一个礼，操了苏北口音，满面堆着笑容说道：

"钱夫人，我是刘副官，夫人大概不记得了？"

"是刘副官吗？"钱夫人打量了他一下，微带惊愕地说道，"对了，那时在南京到你们大悲巷公馆见过你的。你好，刘副官。"

"托夫人的福。"刘副官又深深地行了一礼，赶忙把钱夫人让了进去，然后抢在前面用手电筒照路，引着钱夫人走上一条水泥砌的汽车过道，绕着花园直往正屋里行去。

"夫人这向好？"刘副官一行引着路，回头笑着向钱夫人说道。

"还好，谢谢你，"钱夫人答道，"你们长官夫人都好呀？我有好些年没见着他们了。"

"我们夫人好，长官最近为了公事忙一些。"刘副官应道。

窦公馆的花园十分深阔，钱夫人打量了一下，满园子里影影绰绰，都是些树木花草，围墙周遭，却密密地栽了一圈椰子树，一片秋后的清月，已经升过高大的椰子树干子来了。钱夫人跟着刘副官绕过了几丛棕榈树，窦公馆那座两层楼的房子便赫然出现在眼前，整座大楼，上上下下灯火通明，亮得好像烧着了一般；一条宽敞的石级引上了楼前一个弧形的大露台，露台的石栏边沿上却整整齐齐地置了十来盆一排齐胸的桂花，钱夫人一踏上露台，一阵桂花的浓香便侵袭过来了。楼前正门大开，里面有几个仆人穿梭一般来往着，刘副官停在门口，哈着身子，做了个手势，毕恭毕敬地说了声：

"夫人请。"

钱夫人一走入门内前厅，刘副官便对一个女仆说道：

"快去报告夫人，钱将军夫人到了。"

前厅只摆了一堂精巧的红木几椅，几案上搁着一套景泰蓝的瓶尊，一只观音尊里斜插了几枝万年青；右侧壁上，嵌了一面鹅卵形的大穿衣镜。钱夫人走到镜前，把身上那件玄色秋大衣卸下，一个女仆赶忙上前把大衣接了过去。钱夫人往镜里瞟了一眼，很快地用手把右鬓一绺松弛的头发掭了一下，下午六点钟才去西门町红玫瑰做的头发，刚才穿过花园，吃风一撩，就乱了。钱夫人往镜子又凑近了一步，身上那件墨绿杭绸的旗袍，她也觉得颜色有点不对劲儿。她记得这种丝绸，在灯光底下照起来，绿莹莹翡翠似的，大概这间前厅不够亮，镜子里看起来，竟有点发乌。难道真的是料子旧了？这份杭绸还是从南京带出来的呢，这些年都没舍得穿，为了赴这场宴才从箱子底拿出来裁了的。早知如此，还不如到鸿翔绸缎庄买份新的。可是她总觉得台湾的衣料粗糙，光泽扎眼，尤其是丝绸，哪里及得上大陆货那么细致，那么柔熟？

"五妹妹到底来了。"一阵脚步声，窦夫人走了出来，一把便搀住了钱夫人的双手笑道：

"三阿姐，"钱夫人也笑着叫道，"来晚了，累你们好等。"

"哪里的话，恰是时候，我们正要入席呢。"

窦夫人说着便挽着钱夫人往正厅走去。在走廊上，钱夫人用眼角扫了窦夫人两下，她心中不禁觇敧起来：桂枝香果然还没有老。临离开南京那年，自己明明还在梅园新村的公馆替桂枝香请过三十岁的生日酒，得月台的几个姐妹淘都差不多到齐了——桂枝香的妹子后来嫁给任主席任子久做小的十三天辣椒，还有她自己的亲妹妹十七月月红——几个人还学洋派凑份子替桂枝香定制了一个三十寸双层的大寿糕，上面足足插了三十根红蜡烛。现在她总该有四十大几了吧？钱夫人又朝窦夫人瞄了一下。窦夫人穿了一身银灰洒朱砂的薄纱旗袍，足上也配了一双银灰闪光的高跟鞋，右手的无名指上戴了一只莲子大的钻戒，左腕也笼了一副白金镶碎钻的手串，发上却插了一把珊瑚缺月钗，一对寸把长的紫瑛坠子直吊下发角外来，衬得她丰白的面庞愈加雍容矜贵起来。在南京那时，桂枝香可没有这般风光，她记得她那时还做小，窦瑞生也不过是个次长，现在窦瑞生的官大了，桂枝香也扶了正，难为她熬了这些年，到底给她熬出了头了。

"瑞生到南部开会去了，他听说五妹妹今晚要来，还特地着我向你问好呢。"窦夫人笑着侧过头来向钱夫人说道。

"哦，难为窦大哥还那么有心。"钱夫人笑道。一走近正厅。里面一阵人语喧笑便传了出来。窦夫人在正厅门口停了下来，又握住钱夫人的双手笑道：

"五妹妹，你早就该搬来台北了，我一直都挂着，现在你一个人住在南部那种地方有多冷清呢？今夜你是无论如何缺不得席的——

十三也来了。"

"她也在这儿吗?"钱夫人问道。

"你知道呀,任子久一死,她便搬出了任家。"窦夫人说着又凑到钱夫人耳边笑道,"任子久是有几份家当的,十三一个人也算过得舒服了。今晚就是她起的哄,来到台湾还是头一遭呢。她把'赏心乐事'票房里的几位朋友搬下来,锣鼓笙箫都是全的,他们还巴望着你上去显两手呢。"

"罢了,罢了,哪里还能来这个玩意儿!"钱夫人急忙挣脱了窦夫人,摆着手笑道。

"客气话不必说了,五妹妹,连你蓝田玉都说不能,别人还敢开腔吗?"窦夫人笑道,也不等钱夫人分辩,便挽了她往正厅里走去。

正厅里东一堆西一堆,锦簇绣从一般,早坐满了衣裙明艳的客人。厅堂异常宽大,呈凸字形,是个中西合璧的款式。左半边置着一堂软垫沙发,右半边置着一堂紫檀硬木桌椅,中间地板上却隔着一张两寸厚刷着二龙抢珠的大地毯。沙发两长四短,对开围着,黑绒底子洒满了醉红的海棠叶儿,中间一张长方矮几上摆了一只两尺高青天细瓷胆瓶,瓶里冒着一大蓬金骨红肉的龙须菊。右半边八张紫檀椅子团团围着一张嵌纹石桌面的八仙桌,桌上早布满了各式的糖盒茶具。厅堂凸字尖端,也摆着六张一式的红木靠椅,椅子三三分开,圈了个半圆,中间缺口处却高高竖了一档乌木架流云蝙蝠镶云母片的屏风。钱夫人看见那些椅子上搁满了铙钹琴弦,椅子前端有两个木架,一个架着一只小鼓,另一个却齐齐地插了一排笙箫管笛。厅堂里灯光辉煌,两旁的座灯从地面斜射上来,照得一面大铜锣金光闪烁。

窦夫人把钱夫人先引到厅堂左半边，然后走到一张沙发跟前对一位五十多岁穿了珠灰旗袍，戴了一身玉器的女客说道：

"赖夫人，这是钱夫人，你们大概见过面的吧?"

钱夫人认得那位女客是赖祥云的太太，以前在南京时，社交场合里见过几面。那时赖祥云大概是个司令官，来到台湾，报纸上倒常见到他的名字。

"这位大概就是钱鹏公的夫人了?"赖夫人本来正和身旁一位男客在说话，这下才转过身来，打量了钱夫人半晌，款款地立了起来笑着说道。一面和钱夫人握手，一面又扶了头，说道：

"我是说面熟得很!"

然后转向身边一位黑红脸身材硕肥头顶光秃穿了宝蓝丝葛长袍的男客说：

"刚才我还和余参军长聊天，梅兰芳第三次南下到上海在丹桂第一台唱的是什么戏，再也想不起来了。你们瞧，我的记性!"

余参军长老早立了起来，朝着钱夫人笑嘻嘻地行了一个礼说道：

"夫人久违了。那年在南京励志社大会串瞻仰过夫人的风采的。我还记得夫人票的是《游园惊梦》呢!"

"是呀，"赖夫人接嘴道，"我一直听说钱夫人的盛名，今天晚上总算有耳福要领教了。"

钱夫人赶忙向余参军长谦谢了一番，她记得余参军长在南京时来过她公馆一次，可是她又仿佛记得他后来好像犯了什么大案子被革了职退休了。接着窦夫人又引着她过去，把在座的几位客人都一一介绍一轮。几位夫人太太她一个也不认识，她们的年纪都相当轻，大概来到台湾才兴起来的。

"我们到那边去吧，十三和几位票友都在那儿。"

窦夫人说着又把钱夫人领到厅堂的右手边去。她们两人一过去，一位穿红旗袍的女客便踏着碎步迎了上来，一把便将钱夫人的手臂勾了过去，笑得全身乱颤说道：

"五阿姐，刚才三阿姐告诉我你也要来，我就喜得叫道：'好哇，可晚可真把名角儿给抬了出来了！'"

钱夫人方才听窦夫人说天辣椒蒋碧月也在这里，她心中就踌躇了一番，不知天辣椒嫁了人这些年，可收敛了一些没有。那时大伙儿在南京夫子庙得月台清唱的时候，有风头总是她占先，扭着她们师傅专拣讨好的戏唱。一出台，也不管清唱的规矩，就脸朝了那些捧角的，一双眼睛钩子一般，直伸到台下去。同是一个娘生的，性格儿却差得那么远。论到懂世故，有担待，除了她姐姐桂枝香再也找不出第二个人来。桂枝香那儿的便宜，天辣椒也算捡尽了。任子久连她姐姐的聘礼都下定了，天辣椒却有本事拦腰一把给夺了过去。也亏桂枝香有涵养，等了多少年才委委屈屈做了窦瑞生的偏房。难怪桂枝香老叹息说：是亲妹子才专拣自己的姐姐往脚下踹呢！钱夫人又打量了一下天辣椒蒋碧月，蒋碧月穿了一身火红的缎子旗袍，两只手腕上，铮铮锵锵，直戴了八只扭花金丝镯，脸上勾得十分入时，眼皮上抹了眼圈膏，眼角上也着了墨，一头蓬得像鸟窝似的头发，两鬓上却刷出几只俏皮的月牙钩来。任子久一死，这个天辣椒比从前反而愈更标劲，愈更佻达了，这些年的动乱，在这个女人身上，竟找不出半丝痕迹来。

"哪，你们见识见识吧，这位钱夫人才是真正的女梅兰芳呢！"

蒋碧月挽了钱夫人向座上的几位男女票友客人介绍道。几位男客都慌忙不迭站了起来朝了钱夫人含笑施礼。

"碧月，不要胡说，给这几位内行听了笑话。"

钱夫人一行还礼，一行轻轻责怪蒋碧月道。

"碧月的话倒没有说差，"窦夫人也插嘴笑道，"你的昆曲也算得了梅派的真传了。"

"三阿姐——"

钱夫人含糊叫了一声，想分辩几句。可是若论到昆曲，连钱鹏志也对她说过：

"老五，南北名角我都听过，你的'昆腔'也算是个好的了。"

钱鹏志说，就是为着在南京得月台听了她的《游园惊梦》，回到上海去，日思夜想，心里怎么也丢不下，才又转了回来娶她的。钱鹏志一径对她讲，能得她在身边，唱几句"昆腔"作娱，他的下半辈子也就无所求了。那时她刚在得月台冒红，一句"昆腔"，台下一声满堂彩，得月台的师傅说：一个夫子庙算起来，就数蓝田玉唱得最正派。

"就是说呀，五阿姐。你来见见，这位徐经理太太也是个昆曲大王呢，"蒋碧月把钱夫人引到一位着黑旗袍，十分净扮的年轻女客跟前说道，然后又笑着向窦夫人说，"三阿姐，回头我们让徐太太唱'游园'，五阿姐唱'惊梦'，把这出昆腔的戏祖宗搬出来，让两位名角上去较量较量，也好给我们饱饱耳福。"

那位徐太太连忙站了起来，道了不敢。钱夫人也赶忙谦让了几句，心中却着实嗔怪天辣椒太过冒失，今天晚上这些人，大概没有一个不懂戏的，恐怕这位徐经理太太就现放着是个好角色，回头要真给抬了上去，倒不可以大意呢。运腔转调，这些人都不足畏，倒是在南部这么久，嗓子一直没有认真吊过，却不知如何了。而且裁缝师傅的话果然说中：台北不兴长旗袍喽。在座的——连那个老得脸上起了鸡皮皱的赖夫人在内，每个人的旗袍下摆都缩得差不多到膝盖上去了，露出大半截腿了来。在南京那里，哪个夫人的旗袍不是长得快拖到脚面上来了？后悔没有听从裁缝师傅，回头穿了这身长旗袍站出去，不晓得还登不登样。一上台，一亮相，最要紧。那时在南京梅园新村请客唱戏，每次一站上去，还没有开腔就先把那台下压住了。

"程参谋，我把钱夫人交给你了。你不替我好好伺候着，明天罚你作东。"

窦夫人把钱夫人引到一位卅多岁的军官面前笑着说道，然后转身悄声对钱夫人说："五妹妹，你在这里聊聊，程参谋最懂戏的，我得进去招呼着上席了。"

"钱夫人久仰了。"

程参谋朝着钱夫人，立了正，利落地一鞠躬，行了一个军礼。他穿了一身浅泥色凡立丁的军礼服，外套的翻领上别了一副金亮的两朵梅花中校领章，一双短筒皮靴靠在一起，乌光水滑的。钱夫人看见他笑起来时，咧着一口齐垛垛净白的牙齿，容长的面孔，下巴剃得青亮，眼睛细长上挑，随一双飞扬的眉毛，往两鬓插去，一秆葱的鼻梁，鼻尖却微微下佝，一头墨浓的头发，处处都抿得妥妥帖帖的。他的身段颀长，着了军服分外英发，可是钱夫人觉得他这一声招呼里却又透着几分温柔，半点也没带武人的粗糙。

"夫人请坐。"

程参谋把自己的椅子让了出来，将椅子上那张海绵椅垫挪挪正，请钱夫人就了座，然后立即走到那张八仙桌端了一盅茉莉香片及一个四色糖盒来，钱夫人正要伸出手去接过那盅石榴红的瓷杯，程参谋却低声笑道：

"小心烫了手，夫人。"

然后打开了那个描金乌漆糖盒，俯下身去，双手捧到钱夫人面前，笑吟吟地望着钱夫人，等她挑选。钱夫人随手抓了一把松瓢，程参谋忙劝止道：

"夫人，这个东西顶伤嗓子。我看夫人还是尝颗蜜枣，润润喉吧。"

随着便拈起一根牙签挑了一枚蜜枣，递给钱夫人，钱夫人道了谢，将那枚蜜枣接了过来，塞到嘴里，一阵沁甜的蜜味，果然十分甘芳。程参谋另外多搬了一张椅子，在钱夫人右侧坐了下来。

"夫人最近看戏没有？"程参谋坐定后笑着问道。他说话时，身子总是微微倾斜过来，十分专注似的，钱夫人看见他又露了一口白净的牙齿来，灯光下，照得莹亮。

"好久没看了，"钱夫人答道，她低下头去，细细地啜了一口手里那盅香片，"住在南部，难得有好戏。"

"张爱云这几天正在国光戏院演《洛神》呢，夫人。"

"是吗？"钱夫人应道，一直俯着首在饮茶，沉吟了半晌才说道，"我还是在上海天蟾舞台看她演过这出戏——那是好久以前了。"

"她的做工还是在的，到底不愧是'青衣祭酒'，把个宓妃和曹子建两个人那段情意，演得细腻到了十分。"

钱夫人抬起头来，触到了程参谋的目光，她即刻侧过了头去，程参谋那双细长的眼睛，好像把人都罩住了似的。

"谁演得这般细腻呀?"天辣椒蒋碧月插了进来笑道,程参谋赶忙立起来,让了座。蒋碧月抓了一把朝阳瓜子,跷起腿嗑着瓜子笑道:"程参谋,人人说你懂戏,钱夫人可是戏里的'通天教主',我看你趁早别在这儿班门弄斧了。"

"我正在和钱夫人讲究张爱云的《洛神》,向钱夫人讨教呢。"程参谋对蒋碧月说着,眼睛却瞟向了钱夫人。

"哦,原来是说张爱云吗?"蒋碧月扑哧笑了一下,"她在台湾教教戏也就罢了,偏偏又要去唱《洛神》,扮起宓妃来也不像呀!上礼拜六我才去国光看来,买到了后排,只见她嘴巴动,声音也听不到,半出戏还没唱完,她嗓子先就哑掉了——哎哟,三阿姐来请上席了。"

一个仆人拉开了客厅通到饭厅的一扇镂空卍字的桃花心木推门。窦夫人已经从饭厅里走了出来。整座饭厅银素装饰,明亮得像雪洞一般,两桌席上,却是猩红的细布桌面,盆碗羹箸一律都是银的。客人们进去后都你推我让,不肯上坐。

"还是我占先吧,这般让法,这餐饭也吃不成了,倒是辜负了主人这番心意!"

赖夫人走到第一桌的主位坐了下来,然后又招呼着余参军长说道:

"参军长,你也来我旁边坐下吧。刚才梅兰芳的戏,我们还没有论出头绪来呢。"

余参军长把手一拱,笑嘻嘻地道了一声:"遵命。"客人们哄然一笑便都相随入了席。到了第二桌,大家又推让起来了。赖夫人隔着桌子向钱夫人笑着叫道:

"钱夫人，我看你也学学我吧。"

窦夫人便过来拥着钱夫人走到第二桌主位上，低声在她耳边说道：

"五妹妹，你就坐下吧。你不占先，别人不好入座的。"

钱夫人环视了一下，第二桌的客人都站在那儿带笑瞅着她。钱夫人赶忙含糊地推辞了两句，坐了下去，一阵心跳，连她的脸都有点发热了。倒不是她没经过这种场面，好久没有应酬，竟有点不惯了。从前钱鹏志在的时候，筵席之间，十有八九的主位，倒是她占先的。钱鹏志的夫人当然上座，她从来也不必推让。南京那起夫人太太们，能僭过她辈分的，还数不出几个来。她可不能跟那些官儿的姨太太们去比，她可是钱鹏志明公正道迎回去做填房夫人的。可怜桂枝香那时出面请客都没分儿，连生日酒还是她替桂枝香做的呢。到了台湾，桂枝香才敢这么出头摆场面。而她那时才冒二十岁，一个清唱的姑娘，一夜间便成了将军夫人了。卖唱的嫁给小户人家还遭多少议论，又何况是入了侯门？连她亲妹子十七月月红还刻薄过她两句：姐姐，你的辫子也该铰了，明日你和钱将军走在一起，人家还以为你是他的孙女儿呢！钱鹏志娶她那年已经六十靠边了，然而怎么说她也是他正正经经的填房夫人啊。她明白她的身份，她也珍惜她的身份。跟了钱鹏志那十几年，筵前酒后，哪次她不是捏着一把冷汗，怎是多大的场面，总是应付得妥妥帖帖的？走在人前，一样风华蹁跹，谁又敢议论她是秦淮河得月台的蓝田玉了？

"难为你了，老五。"

钱鹏志常常抚着她的腮对她这样说道。她听了总是心里一酸，许多的委屈却是没法诉的。难道她还能怨钱鹏志吗？是她自己心甘情愿的。钱鹏志娶她的时候就分明和她说清楚了。他是为着听了她的《游园惊梦》才想把她接回去伴他的晚年的。可是她妹子月月红说的呢，钱鹏志好当她的爷爷了，她还要希冀什么？到底应了得月台瞎子师娘那把铁嘴：五姑娘，你们这种人只有嫁给年纪大的，当女儿一般疼惜算了。年轻的，哪里靠得住？可是瞎子师娘偏偏又捏着她的手，眨巴着一双青光眼叹息道：荣华富贵你是享定了，蓝田玉，只可惜你长错了一根骨头，也是你前世的冤孽！不是冤孽还是什么？除却天上的月亮摘不到，世上的金钱财宝，钱鹏志怕不都设法捧了来讨她的欢心。她体验得出钱鹏志那番苦心。钱鹏志怕她念着出身低微，在达官贵人面前气馁胆怯，总是百般怂恿着她，讲排场，耍派头。梅园新村钱夫人宴客的款式怕不噪反了整个南京城，钱公馆里的酒席钱，"袁大头"就用得罪过花啦的。单就替桂枝香请生日酒那天吧，梅园新村的公馆里一摆就是十台，摩笛的是仙霓社里大江南北第一把笛子吴声豪，大厨师却是花了十块大洋特别从桃叶渡的绿柳居接来的。

"窦夫人，你们大师傅是哪儿请来的呀？来到台湾我还是头一次吃到这么讲究的鱼翅呢。"赖夫人说道。

"他原是黄钦之黄部长家在上海时候的厨子，来台湾才到我们这儿的。"窦夫人答道。

"那就难怪了。"余参军长接口道，"黄钦公是有名的美食家呢。"

"哪天要能借到府上的大师傅去烧个翅，请起客来就风光了。"赖夫人说道。

"那还不容易？我也乐得去白吃一餐呢！"窦夫人说，客人们都笑了起来。

"钱夫人，请用碗翅吧。"程参谋盛了一碗红烧鱼翅，加了一匙羹镇江醋，搁在钱夫人面前，然后又低声笑道：

"这道菜，是我们公馆里出了名的。"

钱夫人还没来得及尝鱼翅，窦夫人却从隔壁桌子走了过来，敬了一轮酒，特别又叫程参谋替她斟满了，走到钱夫人身边，按着她的肩膀笑道：

"五妹妹，我俩儿好久没对过杯了。"

说完便和钱夫人碰了一下杯，一口喝尽了，钱夫人也细细地干掉了。窦夫人离开时又对程参谋说道：

"程参谋，好好替我劝酒啊。你长官不在，你就在那一桌替他做主人吧。"

程参谋立起来，执了一把银酒壶，弯了身，笑吟吟便往钱夫人杯里筛酒，钱夫人忙阻止道：

"程参谋，你替别人斟吧，我的酒量有限得很。"

程参谋却站着不动，望着钱夫人笑道：

"夫人，花雕不比别的酒，最易发散。我知道夫人回头还要用嗓子，这个酒暖得正好，少喝点儿，不会伤喉咙的。"

"钱夫人是海量，不要饶过她！"

坐在钱夫人对面的蒋碧月却走了过来，也不用人让，自己先斟满了一杯，举到钱夫人面前笑道：

"五阿姐，我也好久没有和你喝过双盅儿了。"

钱夫人推开了蒋碧月的手，轻轻咳了一下说道：

"碧月，这样喝法要醉了。"

"到底是不赏妹子的脸，我喝双份儿好了，回头醉了，最多让他们抬回去就是啦。"

蒋碧月一仰头便干了一杯，程参谋连忙捧上另一杯，她也接过去一气干了，然后把个银酒杯倒过来，在钱夫人脸上一晃。客人们都鼓起掌来喝道：

"到底是蒋小姐豪兴！"

钱夫人只得举起了杯子，缓缓地将一杯花雕饮尽。酒倒是烫得暖暖的，一下喉，就像一股热流般，周身游荡起来了。可是台湾的花雕到底不及大陆的那么醇厚，饮下去终究有点割喉。虽说花雕容易发散，饮急了，后劲才凶呢。没想到真正从绍兴办来的那些陈年花雕也那么伤人。那晚到底中了她们的道儿！她们大伙儿都说，几杯花雕哪里就能把嗓子喝哑了？难得是桂枝香的好日子，姐妹们不知何日才能聚得齐，主人尚且不开怀，客人哪能尽兴呢？连月月红十七也夹在里面起哄：姐姐，我们姐妹俩儿也来干一杯，亲热亲热一下。月月红穿了一身大金大红的缎子旗袍，艳得像只鹦哥儿，一双眼睛，鹘伶伶地尽是水光。姐姐不赏脸，她说，姐姐到底不赏妹子的脸，她说道。逞够了强，捡够了便宜，还要赶着说风凉话。难怪桂枝香叹息：是亲妹子才专拣自己的姐姐往脚下踹呢。月月红——就算她年轻不懂事，可是他郑彦青就不该也跟了来胡闹了。他也捧了满满的一杯酒，咧着一口雪白的牙齿说道：夫人，我也来敬夫人一杯。他喝得两颧鲜红，眼睛烧得像两团黑火，一双带刺的马靴啪哒一声并在一起，弯着身腰柔柔地叫道：夫人——

"这下该轮到我了，夫人。"程参谋立起身，双手举起了酒杯，笑吟吟地说道。

"真的不行了，程参谋。"钱夫人微俯着首，喃喃说道。

"我先干三杯，表示敬意，夫人请随意好了。"

程参谋一连便喝了三杯，一片酒晕把他整张脸都盖了过去了。他的额头发出了亮光，鼻尖上也冒出几颗汗珠子来。钱夫人端起了酒杯，在唇边略略沾了一下。程参谋替钱夫人拈了一只贵妃鸡的肉翅，自己也夹了一个鸡头来过酒。

"哎哟，你敬的是什么酒呀？"

对面蒋碧月站起来，伸头前去嗅了一下余参军长手里那杯酒，尖着嗓门叫了起来，余参军长正捧着一只与众不同的金色鸡缸杯在敬蒋碧月的酒。

"蒋小姐，这杯是'通宵酒'哪。"余参军长笑嘻嘻地说道，他那张黑红脸早已喝得像猪肝似的了。

"呀呀啐，何人与你们通宵哪！"蒋碧月把手一挥，操起戏白说道。

"蒋小姐，百花亭里还没摆起来，你先就'醉酒'了。"赖夫人隔着桌子笑着叫道，客人们又一声哄笑起来。窦夫人也站了起来对客人们说道：

"我们也该上场了，请各位到客厅那边宽坐去吧。"

客人们都立了起来，赖夫人带头，鱼贯而入进到客厅里，分别坐下。几位男票友却走到那档屏风面前几张红木椅子就了座，一边调弄起管弦来。六个人，除了胡琴外，一个拉二胡，一个弹月琴，一个管小鼓拍板，另外两个人立着，一个擎了一对铙钹，一个手里却吊了一面大铜锣。

"夫人，那位杨先生真是把好胡琴，他的笛子，台湾还找不出第二个人呢，回头你听他一吹，就知道了。"

程参谋指着那位操胡琴姓杨的票友，在钱夫人耳根下说道。钱夫人微微斜靠在一张单人沙发上，程参谋在她身旁一张皮垫矮圆凳上坐了下来。他又替钱夫人沏一盅茉莉香片，钱夫人一面品着茶，一面顺着程参谋的手，朝那位姓杨的票友望去。那位姓杨的票友约莫五十上下，穿了一件古铜色起暗团花的熟罗长衫，面貌十分清癯，一双手指修长，洁白得像十管白玉一般，他将一柄胡琴从布袋子里抽了出来，腿上垫上一块青搭布，将胡琴搁在上面，架上了弦弓，随便咿呀地调了一下，微微将头一垂，一扬手，猛地一声胡琴，便像抛线一般蹿了起来，一段"夜深沉"，奏得十分清脆嘹亮，一奏毕，余参军长头一个便跳了起来叫了声："好胡琴!"客人们便也鼓起掌来。接着锣鼓齐鸣，奏出了一支"将军令"的上场牌子来。窦夫人也跟着满客厅一一去延请客人们上场演唱，正当客人们互相推让间，余参军长已经拥着蒋碧月到胡琴那边，然后打起丑腔叫道：

"启娘娘，这便是百花亭了。"

蒋碧月双手捂着嘴，笑得前俯后仰，两只腕上几个扭花金镯子，铮铮锵锵地抖响着。客人们都跟着喝彩，胡琴便奏出了《贵妃醉酒》里的四平调。蒋碧月身也不转，面朝了客人便唱了起来。唱到过门的时候，余参军长跑出去托了一个朱红茶盘进来，上面搁了那只金色的鸡缸杯，一手撩了袍子，在蒋碧月跟前做了半跪的姿势，效那高力士叫道：

"启娘娘，奴婢敬酒。"

蒋碧月果然装了醉态，东歪西倒地做出了种种身段，一个卧鱼弯下身去，用嘴将那只酒杯衔了起来，然后又把杯子当啷一声掷到地上，唱出了两句：

人生在世如春梦

且自开怀饮几盅

客人们早笑得滚做了一团，窦夫人笑得岔了气，沙着喉咙对赖夫人喊道：

"我看我们碧月今晚真的醉了！"

赖夫人笑得直用绢子揩眼泪，一面大声叫道：

"蒋小姐醉了倒不要紧，只是莫学那杨玉环又去喝一缸醋就行了。"

客人们正在闹着要蒋碧月唱下去，蒋碧月却摇摇摆摆地走了下来，把那位徐太太给抬了上去，然后对客人们宣布道：

"'赏心乐事'的昆曲台柱来给我们唱'游园'了，回头再请另一位昆曲皇后梅派正宗传人——钱夫人来接唱'惊梦'。"

钱夫人赶忙抬起了头来，将手里的茶杯搁到左边的矮几上，她看见徐太太已经站到了那档屏风前面，半背着身子，一只手却扶在插笙箫的那只乌木架上。她穿了一身净黑的丝绒旗袍，脑后松松地绾了一个贵妇髻，半面脸微微向外，莹白的耳垂露在发外，上面吊着一丸翠绿的坠子。客厅里几只喇叭形的座灯像数道注光，把徐太太那窈窕的身影，袅袅娜娜地推送到那档云母屏风上去。

"五阿姐，你仔细听听，看看徐太太的'游园'跟你唱的可有个高下。"

蒋碧月走了过来，一下子便坐到了程参谋的身边，伸过头来，一只手拍着钱夫人的肩，悄声笑着说道。

"夫人，今晚总算我有缘，能领教夫人的'昆腔'了。"

程参谋也转过头来，望着钱夫人笑道。钱夫人睇着蒋碧月手腕上那几只金光乱窜的扭花镯子，她忽然感到一阵微微的晕眩，一股酒意涌上了她的脑门似的，刚才灌下去的那几杯花雕好像渐渐着力了，她觉得两眼发热，视线都有点蒙眬起来。蒋碧月身上那袭红旗袍如同一团火焰，一下子明晃晃地烧到了程参谋的身上，程参谋衣领上那几枚金梅花，便像火星子般，跳跃了起来。蒋碧月的一对眼睛像两丸黑水银在她醉红的脸上溜转着，程参谋那双细长的眼睛却眯成了一条缝，射出了逼人的锐光，两张脸都向着她，一齐咧着整齐的白牙，朝她微笑着，两张红得发油光的面靥渐渐地靠拢起来，凑在一块儿，咧着白牙，朝她笑道。笛子和洞箫都鸣了起来，笛音如同流水，把靡靡下沉的箫声又托了起来，送进"游园"的"皂罗袍"中去——

　　　　原来姹紫嫣红开遍

　　　　似这般都付与断井颓垣

　　　　良辰美景奈何天

　　　　便赏心乐事谁家院——

杜丽娘唱的这段"昆腔"便算是昆曲里的警句了。连吴声豪也说：钱夫人，您这段"皂罗袍"便是梅兰芳也不能过的。可是吴声豪的笛子却偏偏吹得那么高（吴师傅，今晚让她们灌多了，嗓子靠不住，你换支调门儿低一点儿的笛子吧）。吴声豪说，练嗓子的人，第一要忌酒；然而月月红十七却端着那杯花雕过来说道：姐姐，我们姐妹俩儿也来干一杯。她穿得大金大红的，还要说：姐姐，你不赏脸。不是这样说,妹子,不是姐姐不赏脸,实在为着他是姐姐命中的冤孽。瞎子师娘不是说过:荣华富贵——蓝田玉,可惜你长错了一根骨头。冤孽啊。他可不就是姐姐命中招的冤孽了?懂吗?妹子,冤孽。然而他也捧着酒杯过来叫道:夫人。他笼着斜皮带,戴着金亮的领章,腰杆扎得挺细,一双带白铜刺的长筒马靴乌光水滑的啪哒一声靠在一起,眼皮都喝得泛了桃花,却叫道:夫人。谁不知道南京梅园新村的钱夫人呢?钱鹏公,钱将军的夫人啊。钱鹏志的夫人。钱鹏志的随从参谋。钱将军的夫人。钱将军的参谋。钱将军。难为你了,老五,钱鹏志说道,可怜你还那么年轻。然而年轻人哪里会有良心呢?瞎子师娘说,你们这种人,只有年纪大的才懂得疼惜啊。荣华富贵——只可惜长错了一根骨头。懂吗?妹子,他就是姐姐命中招的冤孽了。钱将军的夫人。钱将军的随从参谋。将军夫人。随从参谋。冤孽,我说。冤孽,我说。(吴师傅,换支低一点儿的笛子吧,我的嗓子有点不行了。哎,这段"山坡羊"。)

没乱里春情难遣

蓦地里怀人幽怨

则为俺生小婵娟

拣名门一例一例里神仙眷

甚良缘把青春抛的远

俺的睡情谁见——

那团红火焰又熊熊地冒了起来了,烧得那两道飞扬的眉毛,发出了青湿的汗光。两张醉红的脸又渐渐地靠拢在一处,一齐咧着白牙，笑了起来。笛子上那几根玉管子似的手指，上下飞跃着。那袭袅袅的身影儿，在那档雪青的云母屏风上，随着灯光，仿仿佛佛地摇曳起来。笛声愈来愈低沉，愈来愈凄咽，好像把杜丽娘满腔的怨情都吹了出来似的。杜丽娘快要入梦了，柳梦梅也该上场了。可是吴声豪却说，"惊梦"里幽会那一段，最是露骨不过的。（吴师傅，低一点儿吧，今晚我喝多了酒。）然而他却偏捧着酒杯过来叫道：夫人。他那双乌光水滑的马靴啪哒一声靠在一处，一双白铜马刺扎得人的眼睛都发疼了。他喝得眼皮泛了桃花，还要那么叫道：夫人。我来扶你上马，夫人，他说道，他的马裤把两条修长的腿子绷得滚圆，夹在马肚子上，像一双钳子。他的马是白的，路也是白的，树干子也是白的，他那匹白马在猛烈的太阳底下照得发了亮。他们说：到中山陵的那条路上两旁种满了白桦树。他那匹白马在桦树林子里奔跑起来，活像一头麦秆丛中乱窜的白兔儿。太阳照在马背上，蒸出了一缕缕的白烟来。一匹白的。一匹黑的——两匹马都在淌着汗。而他身上却沾满了触鼻的马汗。他的眉毛变得碧青，眼睛像两团烧着了的黑火，汗珠子一行行从他额上流到他鲜红的颧上来。太阳，我叫道。太阳照得人的眼睛都睁不开了。那些树干子，又白净，又细滑，一层层的树皮都卸掉了，露出里面赤裸裸的嫩肉来。他们说：那条路上种满了白桦树。太阳，我叫道，太阳直射到人的眼睛上来了。于是他便放柔了声音唤道：夫人。钱将军的夫人。钱将军的随从参谋。钱将军的——老五，钱鹏志叫道，他的喉咙已经咽住了。老五，他喑哑地喊道，你要珍重吓。他的头发乱得像一丛枯白的茅草，他的眼睛坑出了两只黑窟窿，他从白床单下伸出他那只瘦黑的手来，说道，珍重吓，老五。他抖索索地打开了那只描金的百宝匣儿，这是祖母绿，他取出了第一层抽屉。这是猫儿眼。这是翡翠叶子。珍重吓，老五，他那乌青的嘴皮颤抖着，可怜你还这么年轻。荣华富贵——只可惜你长错了一根骨头。冤孽，妹子，他就是姐姐命中招的冤孽了。你听我说，妹子，冤孽呵。荣华富贵——可是我只活过那么一次。懂吗？妹子，他就是我的冤孽了。荣华富贵——只有那一次。荣华富贵——我只活过一次。懂吗？妹子，你听我说，妹子。姐姐不赏脸，月月红却端着酒过来说道，她的眼睛亮得剩了两泡水。姐姐到底不赏妹子的脸，她穿得一身大金大红的，像一团火一般，坐到了他的身边去。（吴师傅，我喝多了花雕。）

　　迁延，这衷怀那处言

　　淹煎，泼残生除问天——

　　就在那一刻，泼残生——就在那一刻，她坐到他身边，一身大金大红的，就是那一刻，那两张醉红的面孔渐渐地凑拢在一起，就在那一刻，我看到了他们的眼睛：她的眼睛，他的眼睛。完了，我知道，就在那一刻，除问天——（吴师傅，我的嗓子。）完了，我的喉咙，摸摸我的喉咙，在发抖吗？完了，在发抖吗？天——（吴师傅，我唱不出来了。）天——完了，荣华富贵——可是我只活过一次，——冤孽、冤孽、冤孽——天——（吴师傅，我的嗓子。）——就在那一刻：就在那一刻，哑掉了——天——天——天——

　　"五阿姐，该是你'惊梦'的时候了。"蒋碧月站了起来，走到钱夫人面前，伸出了她那一双戴满了扭花金丝镯的手臂，笑吟吟地说道。

"夫人——"程参谋也立了起来，站在钱夫人跟前，微微倾着身子，轻轻地叫道。

"五妹妹，请你上场吧。"窦夫人走了过来，一面向钱夫人伸出手说道。

锣鼓笙箫一齐鸣了起来，奏出了一支"万年欢"的牌子。客人们都倏地离了座，钱夫人看见满客厅里都是些手臂交挥拍击，把徐太太团团围在客厅中央。笙箫管笛愈吹愈急切，那面铜锣高高地举了起来，敲得金光乱闪。

"我不能唱了。"钱夫人望着蒋碧月，微微摇了摇两下头，喃喃说道。

"那可不行，"蒋碧月一把捉住了钱夫人的双手，"五阿姐，你这位名角儿今晚无论如何逃不掉的。"

"我的嗓子哑了。"钱夫人突然用力摔开了蒋碧月的双手，嘎声说道，她觉得全身的血液一下子都涌到头上来了似的，两腮滚热，喉头好像让刀片猛割了一下，一阵阵地刺痛起来，她听见窦夫人插进来说：

"五妹妹不唱算了——余参军长，我看今晚还是你这位黑头来压轴吧。"

"好呀，好呀，"那边赖夫人马上响应道，"我有好久没有领教余参军长的'八大锤'了。"

说着赖夫人便把余参军长推到了锣鼓那边。余参军长一站上去，便拱了手朝下面道了一声"献丑"，客人们一阵哄笑，他便开始唱了一段金兀术上场时的"点绛唇"：一面唱着，一面又撩起了袍子，做了个上马的姿势，踏着马步便在客厅中央环走起来，他那张宽肥的醉脸涨得紫红，双眼圆睁，两道粗眉一齐竖起，几声呐喊，把胡琴都压了下去。赖夫人笑得弯了腰，跑上去，跟在余参军长后头直拍着手，蒋碧月即刻上去加入了他们的行列，不停地尖起嗓子叫着："好黑头！好黑头！"另外几位女客也上去跟了她们喝彩，团团围走，于是客厅里的笑声便一阵比一阵暴涨了起来。余参军长一唱毕，几个着白衣黑裤的女佣已经端了一碗碗的红枣桂圆汤进来让客人们润喉了。

窦夫人引了客人们走到屋外露台上的时候，外面的空气里早充满了风露，客人们都穿上了大衣，窦夫人却围了一张白丝大披肩，走到了台阶的下端去。钱夫人立在露台的石栏旁边，往天上望去，她看见那片秋月恰恰的升到中天，把窦公馆花园里的树木路阶都照得镀了一层白霜，露台上那十几盆桂花，香气却比先前浓了许多，像一阵湿雾似的，一下子罩到了她的面上来。

"赖将军夫人的车子来了。"刘副官站在台阶下面，往上大声通报各家的汽车。头一辆开进来的，便是赖夫人那架黑色崭新的林肯，一个穿着制服的司机赶忙跳了下来，打开车门，弯了腰毕恭毕敬地候着。赖夫人走下台阶，和窦夫人道了别，把余参军长也带上了车，坐进去后，却伸出头来向窦夫人笑道：

"窦夫人，府上这一夜戏，就是当年梅兰芳和金少山也不能过的。"

"可是呢，"窦夫人笑着答道，"余参军长的黑头真是赛过金霸王了。"

立在台阶上的客人都笑了起来，一齐向赖夫人挥手作别。第二辆开进来的，却是窦夫人自己的小轿车，把几位票友客人都送走了。

接着程参谋自己开了一辆吉普军车进来，蒋碧月马上走了下去，捞起旗袍，跨上车子去，程参谋赶着过来，把她扶上了司机旁边的座位上，蒋碧月却歪出半个身子来笑道：

"这辆吉普车连门都没有，回头怕不把我摔出马路上去呢。"

"小心点开啊，程参谋。"窦夫人说道，又把程参谋叫了过去，附耳嘱咐了几句，程参谋直点着头笑应道：

"夫人请放心。"

然后他朝了钱夫人，立了正，深深地行了一个礼，抬起头来笑道：

"钱夫人，我先告辞了。"

说完便利落地跳上了车子，发了火，开动起来。

"三阿姐再见！五阿姐再见！"

蒋碧月从车门伸出手来，不停地招挥着，钱夫人看见她臂上那一串扭花镯子，在空中划了几个金圈圈。

"钱夫人的车子呢?"客人快走尽的时候，窦夫人站在台阶下问刘副官道。

"报告夫人，钱将军夫人是坐计程车来的。"刘副官立了正答道。

"三阿姐——"钱夫人站在露台上叫了一声，她老早就想跟窦夫人说替她叫一辆计程车来了，可是刚才客人多，她总觉得有点堵口。

"那么我的汽车回来，立刻传进来送钱夫人吧。"窦夫人马上接口道。

"是，夫人。"刘副官接了命令便退走了。

窦夫人回转身，便向着露台走了上来，钱夫人看见她身上那块白披肩，在月光下，像朵云似的簇拥着她。一阵风掠过去，周遭的椰树都沙沙地鸣了起来，把窦夫人身上那块大披肩吹得姗姗扬起，钱夫人赶忙用手把大衣领子锁了起来，连连打了两个寒噤，刚才滚热的面腮，吃这阵凉风一逼，汗毛都张开了。

"我们进去吧，五妹妹，"窦夫人伸出手来，搂着钱夫人的肩膀往屋内走去，"我去叫人沏壶茶来，我俩儿正好谈谈心——你这么久没来，可发觉台北变了些没有？"

钱夫人沉吟了半晌，侧过头来答道：

"变多喽。"

走到房子门口的时候，她又轻轻地加了一句：

"变得我都快不认识了——起了好多新的高楼大厦。"

选自《白先勇自选集》

花城出版社 1996 年版

作家的话 ◈

我想，最主要的恐怕是我在很早之前看《红楼梦》的时候，其中有一回是描写林黛玉听《牡丹亭》的几句戏词，那是"游园"的曲词："原来是姹紫嫣红开遍，似这般都付与断井颓垣。"读这段时我还是个中学生，那是第一次对《牡丹亭》有印象，可是那时看不懂，却很喜欢这几句曲词。因此，如果要说根源的话，恐怕就是从那时开始。

我注意到《游园惊梦》的戏剧之后，就开始听昆曲的《游园惊梦》。这故事简单说来，就是杜家太守的女儿到花园里面去，看到牡丹盛开，突然对生命有一种渴求，就做了一个梦，梦中与一位书生柳梦梅幽会，醒来后为这段梦中的爱情相思，很渴切，郁郁寡欢而死。但是，果然有这么个书生，回来看到杜丽娘的一幅画像，也发生了爱情。阎王同情他们两个人，让杜丽娘又复活了，两人终于结合。

这个故事是极端浪漫的——爱情征服了死亡。我在浪漫时期的时候，很为"情种"所感动，决定我也来写段东西，描述爱情可以征服一切。后来我看昆曲唱这段《游园惊梦》，深深感觉昆曲是我们表演艺术最高贵、最精致的一种形式，它辞藻的美、音乐的美、身段的美，可以说别的戏剧形式都比不上，我看了之后叹为观止。那么精美的艺术形式，而今天已经式微了，从这里头我兴起一种追悼的感觉——美的事物竟都是不长久。从这些方面的来源，我开始想，如果把昆曲这种戏剧的意境融合到小说里面，不知道结果如何？正好在我很小的时候，也就是童年时期，曾经见过一位女士，她的风度，她的一切，我一生没有忘记过。后来听说她是位艺人，也听说她昆曲唱得很好。这种印象留下了之后，想，如果我有这么一位女主角，讲这么一个故事，是不是就可以写小说了？这就是我《游园惊梦》里的钱夫人。我替她编了一个故事，就是对过去、对自己最辉煌的时代的一种哀悼，以及对昆曲这种最美艺术的怀念。这样一来，我就写下了这篇小说。

写《游园惊梦》的过程相当曲折，写了好几遍都很不满意，表达不出来，离昆曲的意境相差太远，要把音乐用文字来表达是最困难的。我想，在中国文学里最成功的例子是白居易的《琵琶行》，他用文字表达音乐到了极致。怎么用文字来表现音乐、音乐的节奏，我花了很大的功夫，一个一个地尝试。后来，我想既然是回忆，便是用回忆的形式。尤其牵涉到心理的活动，特别是心理分析方面，用意识流手法写，跟音乐的旋律比较合适一点。这样，我写到差不多第五遍的时候才觉得自己比较发挥了出来。

《为逝去的美造像》

评论家的话 ◈

《游园惊梦》昆曲，便是由《牡丹亭》的第十出"惊梦"改编而成，剧情即杜丽娘春日游花园，然后梦中和柳梦梅缠绵性交那一段。此戏又可分成"游园"和"惊梦"上下二出，游花园的部分是"游园"，白先勇在小说里，借徐太太的演唱，摘录下唱词中比较有名而且含义深长的句子。可是杜丽娘入梦以后，与柳梦梅交欢的"惊梦"部分，其热情大胆的唱词，白先勇全没引录，却以钱夫人的一段对往日和郑参谋私通交欢的"意识流"联想来取代。而这一大段借由象征或意象表达出来的"性"之联想，热情露骨的程度，和"惊梦"唱词相当。如此，钱夫人仿佛变成了杜丽娘，在台北天母窦夫人的"游园"宴会里，尝到了"惊梦"的滋味。……

这篇小说的叙述观点和结构形式，便是配合钱夫人对外对内的双重身份表现，由客观和主观相合而成，外在写实和内在"意识流"相辅而行。如此，小说结构和小说主角之间，也存在着一种平行的关系，我们亦可视为作者平行技巧的表现。小说是用第三人称写成的，作者始终跟住钱夫人的观点。当钱夫人以隔离态度审视宴会环境和人物，作者便配合着采用客观写实的架构。当宴会的景象引起钱夫人一些今昔联想和感触，作者便随着探入一下她的内部思想，于是客观写实里夹进一些主观的思想意见。可是这时的主观部分，多以"回忆"方式是大大偏向于消极否定的一面。……

白先勇此篇，运用平行技巧，以过去存在过的人物和发生过的事情为依据，为"原本"，而在今日现实环境里大量制造对合之"副本"形象。这也就是说，白先勇把"昔"当作实存的本体，把"今"当作空幻的虚影。然而，"昔"，不是明明消失无迹了吗？"今"，不是明明就在眼前吗？如此，白先勇暗示：虚即是实，实即是虚。假才是真，真才是假。这种矛盾论法或想法，正符合我们中国道家哲学思想。而白先勇对今与昔的这种看法，恰好又可由"太虚幻境"那副对联句子来引申，虽然《红楼梦》完全没有"昔是实"的含义。如此观之，白先勇的世界，比起曹雪芹的世界，在逻辑观念上确实更为广袤复杂。

　　欧阳子：《〈游园惊梦〉的写作技巧和引申含义》

王祯和

嫁妆一牛车

　　王祯和，1940 年生于台湾花莲。1959 年高中毕业后考入台湾大学外文系，并开始练习写作。1961 年在《现代文学》发表处女作《鬼·北风·人》，开始走上创作道路。1963 年台大毕业后，曾服兵役，退役后当过中学教师、航空公司职员，后又入台湾电视台工作。1972 年到美国爱荷华大学国际作家工作室学习和研究，次年回台湾。主要作品有短篇小说集《嫁妆一牛车》《三春记》《寂寞红》；中长篇小说《美人图》《玫瑰玫瑰我爱你》等。其早期作品往往对他笔下贫穷、愚昧和可怜的小人物予以嘲弄和冷静的观照，后期则将嘲讽的对象转向丑恶的现实与人物；他的创作还重视对语言的探索，常将台湾方言和古代语词结合起来，形成一种比较奇特的句式结构。1990 年病逝于台北。

There are moments in our

Life when even Schubert has

Nothing to say to us···

Henry James "The Portrait of A Lady"

······生命里总也有甚至修伯特

都会无声以对的时候······

　　村上的人都在背后议笑着万发；当他的面也是一样，就不畏他恼忿，也或许就因他的耳朵的失聪吧！

　　万发并没有聋得完全：刃锐的、有腐蚀性的一语半言仍还能够穿进他坚防固御的耳膜里去。这实在是件遗憾得非常的事。

　　定到料理店呷顿崭底①，每次万发拉了牛车回来。今日他总算是个有牛有车的啦！用自己的牛车赶运趟别人的货件，三十块钱的样子。生意算过得去。同以前比量起，他现在过着舒松得相当的日子哩！尽赚来，尽花去，家里再不需要他供米给油，一点也没有这个必须。讵料出狱后他反倒闲适起来，想都想不到的。有钱便当归鸭去，一生莫曾口福得这等！村上无人不笑的，讥他入骨了。实实在在没有办法一个字都不听进去。双耳果然慷慨给全聩了，万发也或许会比较的心安理得，尤其现在手里拎着那姓简的敬慰他的酒。

---

　　①　呷顿崭底：吃顿好的。

坐定下来，料理店的头家①火忙趋近他，礼多招呼着，一句话都贴不到他的耳膜上，看无声电影的样子，只睹头家焦干的两片唇反复着开关的活动，一会促急得同饿狗啃咬刚抢来的骨头，一会又慢徐得似在打睡欠，不识呱啦个什么?!看来顶滑稽。万发几微地哂乐起来，算找到了一个可以让他睇笑的人。这是难得非常。嘴巴近上万发的耳，要密告着什么的样子，店主人将适才的话复了一遍，使用力壮得至极的嗓音，听着颇不类他这骸瘦的人的。

"炒盘露螺肉! 一碗意面。"万发看着头家亮秃的头。

"来酒吧? 有贮了十年的红露。"

将姓简的赠贿他的啤酒墩在桌上，万发的头上了发条的样子穷摇不已着，极像个聋子在拒绝什么的时候的形容了。

两张桌子隔远的地方，有四五个村人在那里打桌围②，吆天喝地地猜着拳。其中一个人斜视万发。不知他张口说了什么，其余的人立时不叫拳了，军训动作那样子齐一地掉头注目礼着万发，脸上神采都鄙夷得很过的，便没有那一味军训严穆。又有一个开口说话，讲毕大笑得整个人要折成两段。染患了怪异的传染病一般，其他的人跟着也哄笑得脱了人形。一位看起来很像头比他鼓饱了气的胸还大的，霍然手一伸警示大家声小点，眼睛紧张地瞟到万发这边来。首先睇眼万发的直腰上来，一只手挡自己的耳，夸张地歪嘴巴，歪得邪而狠。

"是个臭耳郎咧③! 不怕他。他要能听见，也许就不会有这种

① 头家：老板。
② 打桌围：聚餐。
③ 臭耳郎：聋子。

事啦!"

一个字一响铜锣,轰进万发森森门禁的耳里去,余音袅长得何等哪!刚出狱那几天里,他会尔然红通整脸,遇着有人指笑他。现在他的脸赧都不赧一会的,对这些人的狎笑,很受之无愧的模样。

这些是非他的,将头各就各位了后,仍复穷凶恶极地饮喝起来。

桌上这瓶姓简的敬送他的酒给撬开了盖,满斟一杯,刚要啜饮的当口,万发胸口突然紧迫得要呕。几乎都有这种感觉,每一次他饮啜姓简的酒。

事情落到这个样子,都是姓简的一手作祟成的。

也或许前世倒人家太多的账,懂事以来,万发就一直地给钱困住;娶阿好后,日子过得尤其没见到好处来。阿爹死后,分了三四分园地,什么菜什么草他们都种过了,什么菜什么草都不肯长出土来。一年栽植肺炎草,很顺风的,一日茎高一日,瞧着要挖一笔了。那年爆发了一次狂澜得非常的雨水,园地给冲走。肺炎草水葬到哪里去,也不知识的。不久便忙着逃空袭。就在此时他患上耳病。洗身的时候耳朵进了污水,据他自己说。空袭中觅寻不到大夫,他也不以为有关紧要。后来痛得实在不堪,方去找一位医生帮忙,那大夫学妇科的,便运用医妇女那地方的方法大医特医起他的耳,算技术有一点的,只把他治得八分聋而已。每回找到职位,不久就让人辞退去。大家嫌他重听得太厉害,同他讲话得要吵架似的吼。后来便来到这村庄邻公墓的所在落户居下,白天里替人拉牛车,和牛车主平分一点稀粥的酬金,生活可以勉强过得去。只是这个老婆阿好好赌,输负多的时候就变卖女儿。三个女孩早已全部倾销尽了;只两个男的没发售,也或许准备留他们做种蕃息吧!他们的生活越过越回到原始，也是难怪的。

往坟场的小路的右手边立着的这间他们的草寮，仿佛站在寒极了的空气里的老人家，缩矮得多么！也并非独门户，隔远一丈些的地方还有一间茅房歪在那里。那茅房住着的一家人，心担不起晚间坟场特有的异骇，一年前就迁地为良到村里人气瀚荣的地带去。就这样那房子寂空得异样极了，仿佛是鬼们歇脚的处所。

现在仅就剩下万发他们在这四荒里与鬼们为伍了。怪不得注意到有人将东西搬进那空腾着的寮，阿好竟兴狂得那么地抢着报给万发这重要性得一等的新闻。

"有人住进去了！有伴了！莫再怕三更半暝①鬼来闹啦！"

这讯息不能心动万发的。一分毫都办不到的。半生来在无声的天地间惯习了——少一个人，多一位伴，都无所谓。

拖下张披在竿上风干了的汗衫，罩起裸赤的上身。也只这么一件汗衫。晚间脱下洗。隔天中午就水干得差不多可以穿出门。本有两件替换。新近老大上城里打工去，多带了他的一件，家贫不是贫，路贫贫死人，做爹的只得委屈了！也不去探访乍到的邻居，他便戴了斗笠赶牛车去。阿好追到门口，插在腰上的双手，算术里的小括弧，括在弧内的只是竿瘦的I字，就没有加快心跳的曲折数字。

"做人厝边②不去看看人家去。也许人家正缺个手脚布置呢！"阿好的嘴咧到耳根边来啦！

装着听不见，万发大步伐走远去。

————————

① 半暝：半夜。
② 厝边：邻居。

比及黄昏的时候，万发便回来，坐在门首的地上吸着很粗辣的烟，他仍复没有过去访看新街坊的意思，虽只有这么两步脚的路程。阿好的口气忽然变得很抱怨起来，谈起刚来的厝边隔壁时。

"干——没家没眷，罗汉脚①一个。鹿港仔，说话咿咿哦哦，简直在讲俄罗！伊娘的，我还以为会有个女人伴来！"

他不语地吞吐着烟。认定他没听到适才精确的报告，身体磕近他，阿好准备再做一番呈报的工作。

"莫再噜苏啦！我又不是聋子，听不见。"

"呵！还不是聋子呢？"阿好又把嘴咧到耳朵边，仿佛一口就可以把万发囫吞下肚的样子。"乌鸦笑猪黑，哼！"

以后的几星期里，万发仍复没有访问那鹿港人的意念。实在怕自己的耳病丑了生分人对自己的印象。不知识什么原因，也不见这生分人过来混熟一下，例如到这边借把锤子，刚近移迁来，少不了钉钉锤锤的。晚间看他早早把门阖密死，是不是悚惧女鬼来粘缠他？虽然一面也莫识见过，万发对这鹿港仔倒有达至入门阶段那一类的稔熟。差不多天天阿好都有着关于这鹿港仔的情报供他研判。那新邻居，三十五六年岁——比他轻少十岁的样子，单姓简，成衣贩子，行商到村里租用这墓埔边空寮，不知究看透出了什么善益来？渐渐地，万发竟自分和姓简的已朋友得非常了，虽然仍旧一面都未谋面过地。

"他吃饭呢？"他问的声口掺有不少分量的关切。

"没注意到这事，"阿好偏头向姓简的住着的草房眺过去。"也许

---

① 罗汉脚：单身汉。

自己煮。伊娘，又要做生意，又要煮吃，单身人一双手，本领哪！"

终于他和姓简的晤面了，颇一见如故地。

他看到姓简的趋前来，嘴巴一张一盖地，像在嚼着东西，也或许是在说话着。姓简的鹤跃到跟前，脚不必落地的样子。嗯——狐臭得异常，掩鼻怕失礼，手又不住扪进肢窝深处，仿佛有癣租居他那里，长年不付租，下手撵赶吧！实也忍无可忍。只听他咿咿哦哦声发着，大馒头给塞住口里，一个字也叫人耳猜不出。万发把朴重的笑意很费力地在口角最当眼的地方高挂上，一久两唇僵麻，合不拢的样子啦！有时也回两句话的，瞥见姓简的瘦脸上愣愣的形容，又所答非所问啦！干——这耳朵，这耳朵！突然万发对这位他耳熟能详得多么的鹿港人有了几微的憎厌。

阿好走出来，向那衣贩子招招手。衣贩子移近她，接去她手中的针线。阿好转近着万发：

"这就是简先生！他借针线来的。他说早应该过来和你话一番，只是生意忙不开，大黑早就得出门。"声音高扬，向千百人讲演一般。

旋过去向简道了一些话，很声轻地，她手指到自己的耳朵，频频摇着头，很夸张地。说明他的耳的失听吧！必然是这般的！姓简的脸上彰亮着像发现了什么轰天惊地的情事时的神色；眼光又瞟过来审视，有如万发脸上少了样器官。要在过去，这一时刻——身份给厘定的当口，最是惎恨得牙颤骨栗，现在倒又很习常。

"你生意好吧！"找出了一句话来。

"算可以过啦！"阿好将姓简的话转诵给万发，依字不依声。"简先生问你做什么事？"

"哦!"捧上手,万发投给衣贩子一味笑,自嘲的那类。"替人拉牛车。"

"好吧?!"触到电的样子,姓简的身子猛惊一抽,手捷迅地探入肢窝里,毛发给刮抓得响沙沙,痒入骨里去吧!嘴牵成斜线一杠。这简单的两个字,万发到底听审出来,头一遭不用阿好这部扩音器。

"挣三顿稀饭喝喝罢了。自己要有一台牛车,倒可以赚得实在一点。"阿好说姓简的在问一部牛车多少钱?"顶台旧的,大概三四千元的样子。什么?去顶一台?呵!哪里找钱款去?再说我快上五十了,怎么也挣不来这样多的钱。你没听过四十不积财,终生穷磨死。"

以后差不多天天晚上都有着这样的团契,阿好坐在两位男子的中间,担当起万发的助听器来。姓简的依旧腋味浓辣;手老伸入腋下扒痒,有瘾一般。有时姓简的单只与阿好谈闲天;她总问询城中的华盛,声气低低地,近于呢喃。在这情形下,万发便陪着老五先睡去,未审他俩谈到什么时更才散?

三不五时地①,阿好也造访姓简的寮,同他短谈长说,也帮他缝补洗涤的。姓简的自己说自小就爹娘见背了,半生都在外头流,向没人像阿好关心他到这等。常时地,他很坚执地要阿好携家了去那些沾染油渍,卖出颇有问题的衣服。万发再不必忧忡晚上脱下洗的汗衫第二日可否干一个完全了!

后来万发也常过去坐坐,为了答谢吧?对姓简的异味,万发也已功夫练到嗅而无闻的化境。这实在很难得的。

---

① 三不五时:时常。

姓简的生意似乎欣发得很，老感到缺个手脚。后来他就把心中盘划的说与阿好明白。聆了这样动她心的打算，她喜不胜地转家来报告：

"报给你一个好消息！"瞄到万发躺睡在席上，她就手搭在他的肩上。"一个好讯息告知你！简的生意忙不过来，要我们阿五帮他，两百块的月给①，还管吃呢！伊娘！这模样快意事，哪里去找？干——你一个月挣的也不比这个多多少。你看怎么样？阿五，十一岁了，也该出去混混！"

一个月多上两百元的进项，生活自会宽松一些的，有什么不当的呢？"就央烦简先生提携我们这阿五吧！"说了后，万发复又躺下来，一种悄悄的欢惊闪在嘴角边。

阿好屈腿坐到席上。"领到阿五的月给，我打算抓几只小猪养。干——自己种有番薯菜，可省俭多少饲料。伊娘，猪肉行情一直看好，不怕不赚。"

次日阿五便上工了，帮忙姓简的鹿港人推运一车的衣货到村里摆地摊卖。平常时阿好到村里走动得很稀，现在倒是常跟着他们去，也照料一点生意。有时她还采一大束的姑婆叶带着，兜售给宰猪鸭的。泰半是这样，她一卖获了钱，就和人君仕相输赢着，不过很保密防谍的，万发就不知晓。姓简的倒了如指掌的行藏。阿好不避讳他。即使他向万发举发，亦是徒然。万发怎么样也永远不清楚他在咿哦着什么！何况他自己也有一点喜欢这道艺能着。后来便常有人看见姓简的和阿好一起去车马炮，玩十副。

---

① 月给：一个月的工资或薪水。

仿佛不过很久的以后，村上的人开始交口传流这则笑话啦！说王哥柳哥映画里便看不到这般好笑透顶的。姓简的衣贩子和阿好凹凸上了啦！就有人远视着他俩在茔地附近，在人家养猪的地方的后边，很不大好看起来。下雨时，满天的水，满地的泥泞，据说他俩照旧泥里倒，泥里起得很精湛哩！有句俗话，斗气的不顾命，贪爱的不顾病。

"不讲假的，阿好至少比那衣贩仔多上十根指头的岁数，都可以做他的娘啦！要有个人模样倒也罢了。偏——哼！阿好猪八嫂一位，瘦得没四两重，嘴巴有屎哈坑大①呵！胸坎一块洗衣板的，压着不会嫌辛苦吗？就不知那个鹿港憨中意她哪一地处？"村里头的人都这等样地狎论得纷纷。

等到万发听清楚了，一个多半月的工夫早溜了去。他双耳的防御工事做得也不简单。消息攻进耳城来的当初，他惶慌得了不得，也难怪，以前就没有机缘碰上这样——这样——的事！之后，心中有一种奇异的惊喜泛滥着，总嘎嗟阿好丑得不便再丑的丑，垮陋了他一生的命；居然现在还有人与她暗暗偷偷地交好——而且是比她年少的，到底阿好还是丑得不简单咧！复之后，微妙地恨憎着姓简的来了，且也同时醒记上那股他得天独厚的腋狐味：姓简的太挫伤了他业已无力了的雄心啊！再之后，脸上腾闪杀气来，拿贼见赃，捉奸成双，姓简的你等着吧！复再之后，错听了吧！也或许根本没有这样的一宗情事！也许真是错听了；阿好和姓简的一些忌嫌都不避，谈笑自若，在他跟前。也或许他们作假着确不知道有流言如是，

---

① 屎哈坑：茅坑。

骤然间两地隔断，停有关系，更会引人心疑到必定首尾莫有干净的。心内山起山落得此等，万发对简姓鹿港人并无什么火爆的抗议，乃至革命发起。仅是再不臻往简的宿寮内杂闲天、雅天着。

鹿港人下半午近六点就收起生意，同老五在面摊点叫吃的。转家来，老五就在鹿港人的住所睡夜。晚间鹿港人习惯移蹲到万发他们这儿舌卷入喉地咿咿哦哦开讲，洋鬼子说话一般。借着耳聩的便当，万发不与鹿港人谈开，记怨着什么的模样，让姓简的也醒眼醒眼他不至于傻到什么都不知道……身上这汗衣，这粗布工人裤，又忆记他好处着自己的种种。有时还问短着他，畏惧他道句"过河拆桥"那类的斥责话。再未曾让阿好和姓简的单独一处，强熬到姓简的打道回寮，才入室睡去，手很压重地横在阿好胸上，不是要爱，设防着呢！亡羊补牢，还来得及的吧！下午他都早早地归来，总少拉一趟牛车的。也或许他听过潘金莲的故事，学效武大少做买卖，多看住老婆！

每天夜里他都这般戒严着，除去那一晚——月很亮圆的那一晚。

身边袋着老五的两百元月给，阿好一直没去抓小猪仔养饲，忘记提过这件事样地。深明她的忘性是很有意的，万发也不去强迫她努力忆回有这么样这么样的事一宗。除扣午饭和香烟的挂欠，万发往家里带的每月不过二百四拾余几个零角子罢了。一个月三十天，早晚要吃顿可以的，不能说容易。水通通稀饭佐配萝卜干——一年吃到头。因此阿好拿着老五的薪资摆下几餐崭的，他便怡颜悦色了好些昼夜，也不忙稽查钱给怎样地支用。那一晚阿好准备下米饭，鲫鱼汤，炒白笋。万发一连虎食五大碗饭菜。瞧他狼吞得这般，阿好愣吓得"哦——哦——哦"喉里响怪声，仿佛在打饱嗝。

"哦!"把小锅内最后一匙的鲫鱼汤倒入将空的汤碗里,阿好肩一耸落。"现世哪!没有吃过饭一样啊你!哦!还要装饭哇?哦——"

万发吃得两颊烘烧,像酒后的情形。真的饭饱能醉人的,不到七点半的时辰,他就晕醉欲睡得厉害。不能睡呀!姓简的又过来啦!不能睡呵!姓简的两腿齐蹲着,仿佛在排泄的样子。无声地在一旁抽烟,万发瞌睡屡屡起来,有几次香烟脱掉下去,也无觉感出。

"睡去呢!怎么乏成这形样来!"阿好差不多要吮乳着他的耳,话讲上两遍。

惊睁开眼,姓简的还没有走!查审不出他有倦归的意思,"你们聊吧!不必管我!"他讲着,一面俯身下去拾起烟,早火熄了。点上烟,他徐徐喷着,烟雾里有简姓的衣贩子和阿好语来言去,很投合得多么的。

月很圆亮,像初一、十五的晚夕。没有椅子,他们不是蹲着,便坐在石块上,似在赏着中秋月。烟里雾里,阿好和简姓的鹿港人比手兼画脚,嘴开复嘴合,不知情道什么说什么来?仿若瞌听着一对鬼男女心毗邻着心交谈,用着另一天地的语法和词汇,一个字也不懂,万发走不进他们的世界!

一定又一次盹着了。

阿好站起来。"睡去吧!"仍复讲两次,沿着惯例吧!阿好套了一件庞宽得异常的洋装,奶黄色的,亮在月影里,变鼠灰的颜色。外国质料的,这是她去年上一次教堂听高鼻子蓝海色眼睛的讲道理的斩获;为什么会去,她也不记得。毫无更改过,只将衣服下摆太长的地方翻卷一道缝线过去。胸口有似锁的装饰品当中悬起,串在一条白铁链上;小腹的部位也有这样的装饰,仿佛是要把秘密得何等的那些要地封锁起来！

"睡去吧！"阿好坐回石块上，仍复和姓简的话新话旧着，在门口的月亮地里。

哈呵着睡欠，万发回房睡歇去。他的宽容若是也或许与阿好洋装上锁链式的装饰有着深不能臆测的关系吧！

他醒来的时候，外向的月更圆胖些，有若月在开颜地畅笑。伸手搜到草席的一方，荡空空，给百步蛇啮到的情形，万发骇惊得冷汗忘记出地跳高起来，火急中踢翻一集木箱子，响声抖震心，在这死寂的坟野里。拍打着头颅，万发恨责自己做事不敏慧，一定他们闻着声音了，还有什么能做的？

果然他们听见他掀翻东西。近靠门口处，一张席头都脱落了的草席展铺在地里。没有上闩，门大敞开着让进月光来。坐在席上，阿好浮亮在月色里的脸，水中淹泡久了的样子，苍白得可惧。也坐直上来，简姓的鹿港人面着声音来的方向，额头上有很细粒的汗光在那儿闪灼。

万发一句很刃利的"你们在做什么？"地走近上来，手做打拳状地。新兵听到口令的样子，阿好和姓简的在二分之一秒内同时挺站起来，抢着应话，谁都不谦让一点点的，小学生比赛背书，看谁默念先完，哇啦哇啦，听不真切一个字。鹿港人汗出得盛，背心湿贴着身肉，乳头明显出来，结成颗粒状了。见到他全身这么样地总动员着，也或许于心忍不下吧，阿好揉他到屋角落去，不要他再多一嘴。高声地，咬文嚼字地，阿好自己一个人单独讲，眼睛不时瞟向姓简的，似乎说着："我们只是这样这样……而已，是不是？是不是？""是不是？"

不能信赖她！二三十年夫妇不底细她的脾性？一口大嘴里容有两根长舌头，一根讲乏了，另外还有一根替班。不知识什么时间洋装上的两把锁给撬掉了去，阿好滔声地说着辩着，手牢抓着衣服当胸的所在，仿佛防它脱落的样子。充耳不闻她！继续唱念得口裂到耳边，阿好的字句开始不斯文了，很秒的，心必然急慌着。

"伊娘，你到底听着了没有?！讲这半天。伊娘，你说话。怎一句不讲？干——难不成又患哑巴?！"

姓简的插身过来，狐味激刺鼻，脸上有至极喜悦的容形，寻着生路一般。拍着阿好的肩，他指手到月亮瞧不到的屋内角落。有人蜷困在那里的样子。眼珠霍然光亮起来，阿好向姓简的不知吩咐了什么，就一步两步向那暗角落趸去，两手摇醒着眠在那里的人，推摇得很力。

"阿五起来！起来！给你简阿叔做个证！起来呀！伊娘，睡死到第十殿啦！"

"你这个人这样礼数不知。姓简的一番好心，莫谢他，还要跳人！① 阿五晚夕起床放尿，见着坟地有黑影，吓哭起来。"万发再睡卧的时候，阿好便不已絮聒着，嘴不情愿离开他的耳地，爱着他的耳很深的样子。"姓简的抱他过来。事情就这么样简单，干——你往哪里去想啦！阿五你可是问他清楚了，还凶脸着，不肯相信……"几句话翻来覆去，语势一回坚硬一回，仿佛火大地。

实在厌听极了——真希望能够聋得无一点瑕疵。"谁说不相信？"

"那你怎么一句话都不说？对姓简的就不会不好意思？你这无囊

---

① 跳人：责人不是。

101

的，也会吃醋，哼!"

一阵子黯寂。外面传来一声怪响。有人半夜哭坟来了吗？鬼打架着吧？也或许。

突然，"你衣服上的链子怎么一回事？"声音装着很自然。

她无言以对了吧?! 也或许自己听不见回复？一头的倦昏，不问也罢!

"什么啊!?" 阿好嚼细了声音。"姓简的讲莫好看，拔了去。"

"啊？"这耳朵——这耳朵——这耳朵——应该听进去，避不听闻，临阵脱逃的兵。

"丢掉啦。"她张放嗓子。"伊娘，臭耳孔得这等样!"

身子贴挨过来，阿好逗耍着他，向无近他若是，自他雄凶再不起的后来。

从窗口外睨去，月亮仍复哈嘻得一脸胖圆。他霍然忆记有人念过"月娘笑我憨大呆"的曲歌。

他就是这样一个憨大呆吧!

刚要眠下，适才姓简的比常刺鼻的腋味又浮飘到鼻前来，眼儿里是给解了禁的阿好衣上的地方；阿好和姓简的在席上做一处坐的情状，也或许他们诓欺了他，也或许他猜疑过量。这样思想着，他通一夜不曾睡入熟深里。

再无闲工夫推论这个是非了。几日后的样子，牛车主谕告他准备牛租出去犁田，要他歇一段时日。有意要给难处似的，在这紧要关里，姓简的突然宣布回趄鹿港，顺着方便到台北采办衣色来，前后耽迟要一整阅月的样子。也许姓简的从此远走高飞——趁现在走吧! 免去将来泥陷深。当然老五得往回吃自家。

102

起初挖卖地瓜勉力三分之二弱地饱了个时期。到地瓜掘空一了，翻山穿野寻采姑婆叶的时刻，二分之一饱而已了。还给平日专采姑婆叶存私房的村姑村婆娘们作践得人都成扁的，叶子都给万聋子采光啦！今年她们要少缝一套新装。什么都采撷不着，咽喉深似海——俗话说是填不完的无底洞，该怎么办？怎么办呢？没法可处，万发便帮忙掘墓坑去，挣点零的。并非天天有工作，有时熬等三两天就不见得有人仙逝。唉！这年头人们死得没有从前慷慨呀！人身不古呢！即或等着了，早有耳灵的人将工作抢去吃。等不是方法，日夜他都在村里刺探哪家有人重病着，便去应一个掘坟抑或是抬棺的职位，虽然病人尚未死得很圆满完全。后来有病人的人家瞥见他的瘦弱的影子现出，赶紧阖户闭门起，他是拘人的鬼判一般。现在他们拖挨着长如年的日子，十分之一饱地。

记起在城里打工的儿子，阿好饿颤颤走四个钟头的沙石路往城里去；来家的时候，只带着一斤肥猪肉；一尾草鱼，再也没有什么！城里挣生也一样不易呵！

有人荐介她给一家林姓的医院做烧饭清洁的工作，一月一百元，管吃兼住宿。面试那日适巧家里莫有米粒一颗剩着；往别人菜园偷挖了番薯，她用火灰烘熟便午饭下去了。这——这——这作祟作恶的番薯！林医师口试她到有子女几位的当时，五声很大响的屁竟事前不通报她地抢在她话的先头作答啦！

"有五位吗？"林医师掬着嘴笑，想给这空气一点幽默的样子。

羞上来，阿好肚内的二氧化碳越是平平仄仄仄平平得不可收拾，诗兴大发相似。工作自然也给屁丢了！

在外头摧眉折腰怨气受太多了些吧！万发和阿好在家里经常吵

闹着，嘴顶嘴地。给乞缩得这等形状的生活压得这么地气息奄奄，吵骂也是好的，至少日子过得还有一点生气！打架倒莫曾发生。大家都瘦骸骸，拳过去，碰着尽是铁硬硬骨头，反疼了手，犯不着哪！

两月另十日的后来，姓简的鹿港人终究来归了。

"简的回来啦！"自自然然的模样没有装妥的样子，阿好的语势打四结起来，口吃得非常一样。"采办了许——许——多多的货色。人也——也——胖实多了——"不究详为什么话及此地，她要歇口一顿。

"他要阿五明早帮他摆摊去，看你意思怎么样？"她眼睛忽然一亮。"天！我还以为他不回来啦！"到底掩不住心中的激喜。

一个月多二百元进入，也或许不至于让肚皮饿叫得这么慌人，简直无时无准，有了故障的闹钟。不能的——不能让她知悉也在欣跳姓简的家来，万万不能够给姓简的有上与了人家好处的以为！万发自己也奇怪着，怎么忽然之间会计斤较两得这般。人穷志不穷吧？看他缄耳无闻的样子，阿好又将话再语一道，声音起尖得怪异。

他指头爪入发心里痒起痒落一片片的头垢皮。"你要他去就叫他去吧！"很匝耐的声口，缩紧人的心。

"你不欢喜他去？"或许拖在句后的问号勾得太过长了，变成了惊叹号的形状，不知不答好，还是答才好？

"去就去啦！我欢不欢喜什么！"疏冷多么的回口，自己都意想不到！

阿好什么都不说，临出门时转头诮他一句似是很辣烈的，便人影远跑了。听不出她谬谩着什么！

晚夕她准备嘎饭等万发给人抬棺回来用。

"简的拿米过来?"盯住饭食，万发登时很不堪殍饿起来。

提到姓简的，阿好就必须"嗯"——"嗯"——地打通喉咙，仿佛刚吃下多量的甜的。"嗯——嗯——先向简的拨点应急。也好久没吃着米饭。嗯——嗯——"

口水趁张嘴要言语，赶着叽咕叽咕吞落下去，万发狠眼着阿好，不可让她看料出他的饿。"你怎么啦！以后少去噜苏人。莫老缠他麻烦，该有个分寸！"

果然阿好又缄口不语啦！很为之气结的样子。

以后在万发的耳根前，阿好一话点到简姓的鹿港人，像说起神明的名一般，突然口气万万分谨慎起来。鹿港人回转后上万发这边问访得鲜稀，想还醒记着那一夕的尴尬；也或许生意忙，排不出空档。

自老五去帮扶姓简的衣贩子，每月薪金往家带，万发他们日子始过得有人样一些。番薯也挤着生长。姑婆叶又肥绿起来。不必天天到村上寻金求宝样地找死人去；万发自能多时间地守在家里，牢牢看住阿好和简的，不予他一点好合的方便。

后来情况移变了，急转直下地。人家准备收回鹿港人现租居着的寮厝。

"简先生这个打算不知你意思怎么样?"坐在两男子中间，阿好传简的话到万发耳里，每个字都用心秤称过，一两不少，一钱不多，外交官发表公报时相仿。"你若不依，他就在村里看间单门住户的，日暝起落都要便当一些。你的意思到底怎么样?"

不眼万发地，姓简的烟不离唇地抽喷着。天候有着凉转的意思。空气里嗅不到那股鼻熟得多么的狐味来，万发忽然感到陈在前面的

105

眼生得应付不过来，仿佛人家第一天上班的情形，尤其是洋机关。

"我考虑考虑看。"

"还考虑？伊娘！什么张致吗?！你这个人，干，就是三刁九怪要一辈子穷！"阿好瞪眼他，切齿地。

莫驳斥她好，火裹火发气着，什么龌龊的都会拼命往外吐；万发一大声地"啊"起，示意听不清楚，多少遮盖过去了。能够恰当地运用聋耳，也是残而不废的。

"他准备贴多少钱？"姓简的刚起身走，万发就近嘴到阿好的颊边。

阿好站起来。"你想要多少啊？每月房钱米钱贴你四百八，少吗？这地带住惯了，才看上你这破草厝。伊娘，村上找砖房的，左不过一月两斗米。钱少哇?！你一个月挣过四百元没有。伊娘，生鸡蛋无，放鸡屎有！什么事都叫你碰砸稀碎！干，臭耳郎一个！"声音吭奋，晨早鸡喔，四野里都听分明了。

到底姓简的还是择吉搬进万发的寮里住。万发和阿好睡在后面；姓简的和老五在门口的地方铺草席宿夜；衣货堆放在后面的间房。

村里村外，又满天飞扬起："阿娘喂！万发和姓简的和阿好同铺歇卧了啦！阿娘喂……"

万非得已，万发极不愿意到村上去。村人的狎笑，尴尬他难过！家有姓简的四百八，很有可吃的。老五的工钱由万发袋着——这也是让鹿港人入室来的一项先决条件。万发再不必到外面苦作去。白日在番薯园里做活，阿好帮着他，晚间就精力集中地防着姓简的入侵他的妻。仿如她的影子，阿好行方到哪里，万发就尾到那里。阿好到屋外方便，他也远远落在——算懂一点规矩——后头看望。有这么一回，阿好给影随得火恼上来：

"跟什么的！伊娘，没见这么不三不四，看人家放尿。再跟看，你爸①就撒一泡烧尿到你脸上。"

餐聚的时候，冷战得最热。万发一面食物着，一面冷厉地瞠瞠阿好和姓简的，悻悻不语地，连菜饭都不嚼的样子。不论风雨，他一定是最后一个用完膳的，贯彻始终着他的督察的大责大任。有几次阿好和姓简的攀谈开来，声音比常较低，两张脸有兴奋的笑施展在那里，万发耳力拼尽了，还是听不详。他干咳了几咳很严重性的警告，他们依旧笑春风地轻谈着，聩耳了一模样，简直目无本夫。斯能忍，孰不能忍？万发豁琅丢下碗筷，气盛气勃地走出来——扒金伐鼓，要厮斗一场。二十四小时不到，两汉子就不战而和啦！几乎都如此地，每当万发气忿走出来，在人瞧不到的地方，便解下紧缠在腰际上的长布袋，翻出纸票正倒着数，才——，啊！离顶台牛车还距远一大截，多少容纵姓简的一点！这样的财神，何处找去！以后的几天万发就稍为眼糊一些。

原先鹿港人赁居的寮屋一家卖酱菜的住进来。像是这寮的主人的亲友。成天夜看他们晒曝萝卜，高丽菜，引着苍蝇移民到这地带。卖酱菜的有闲也常诣往万发这边聊天时。他来时，总领队过来一群红头蝇，嗒嗒赶驱不开。蹲在地下说谈时，他一缝细的眼，老向寮内眯瞭着，想鼠探点什么可以传笑出去。一脸刁钻刻薄的形样，身上老有散不完的酱缸味，很酸人耳目。来者不善，善者不来，万发倚重着弱听不甚打理他。他倒和姓简的有说谈，或许同气相投吧！

---

① 你爸：生气语如"老子我"。

一夕他统帅着一旅脏蝇来的时候，很巧姓简的趋至附近小溪里净身臭去了。听出是卖酱菜的声音——他鼻音重得这等样，仿佛嘴巴探入酱缸的口，一字一个嗡——万发便不出来招呼他。阿好在后面洗着碗。只老五在门外的地里手心捧着石子耍。万发聆不出卖酱菜的和老五嗡语着什么，渐渐地，卖酱菜的声音提得很高，高得不必要，颇有用意的样子。

　　"干①你母的上哪里去？"

　　"……"不详细老五怎么对口。

　　"简的，简的，那个奸你母的上哪里去……"

　　"骗肖。"② 万发冲刺出来，一身上下气抖着，揪上卖酱菜的胸就抢拳踢腿下去，像敲着空酱缸的样子，卖酱菜的膺膛嗡嗡痛叫着。脏蝇飞散了，或许也惊吓吃到了几分。

　　姓简的净身回来，门口四处有他食的，衣的，行的，卖的，乱掷在那里，仿佛有过火警，东西给抢着移出来。简姓的鹿港人有着给洗空一尽的感觉。

　　万发挡在门前，一眺目到姓简的捧着脸盆走近前，就揎拳捋袖得要赶尽杀绝他的形状。

　　"干伊娘，给你爸滚出去，干伊祖公，我饲老鼠咬布袋，干！还欺我聋耳不知情里！干伊祖啊！向天公伯借胆了啦！欺我聋耳，呵！我奸你母——奸你母！眼睛没有瞎，我观看不出？干——以为我不知情里？干——饲老鼠，咬布袋……"每句的句首差不多都押了雄

---

　　① 奸、干、简三字闽南语同音。
　　② 骗肖：混账。

浑浑的头韵，听起来颇能提神醒脑，像万金油涂进眼睛里一样。

当晚姓简的借了辆牛车便星夜赶搬到村上去，莫敢话别阿好，连瞅她一眼的胆量也给万发一声声"干"掉了。

村妇村夫们又有话啦。道什么万发向姓简的讨索银钱使用，给姓简的回拒了，就把姓简的烂打出去。有人带着有目的的善意去看万发，想挖点新闻来，都给万发装着聋耳得至极地打发走了。

日子又乞缩起来啦！番薯园地给他人向村公所租下准备种琼麻。未长熟的地瓜全给翻出土来，万发仅只拿了一百元的赔偿。也真不识趣地，老五在这时候患起严重的腹泻的症候；拴紧在腰际的钱袋内准备顶牛车的钱便倾袋一空了，在须臾之间。钱给大夫的当时，万发突然泪眼起，不知究为着什么？心疼着钱？抑或是叹悲他自家的命运？

终于以前的牛车主又来找他拉车去。一周不满就有那事故发生了。他拉的牛车，因为牛的发野性，撞碎了一个三岁的男孩的小头。牛是怎么撒野起来的？他概不知识。但他仍复给判了很有一段时间的狱刑。牛车主虽然不用赔命，但也赔钱得连叫着"天——天——天！"

在狱中每惦记着阿好和老五的日子如何打发，到很晚夕他还没有入眠。不详知为什么有一次突然反悔起自己攻讦驱撵姓简的那桩事，以后他总要花一点时间指责自己在这事件上的太卤粗了一点的表现。有时又想象着姓简的趁着机会又回来和阿好一寮同居。听狱友说起做妻的可以休掉丈夫的，如若丈夫犯了监。男女平等得很真正的。也许阿好和姓简的早联合一气将他离缘掉了！这该怎办？照狱友们提供的，应该可以向他们索要些钱的。妻让手出去，应该是要点钱。当初娶她，也花不少聘礼。要点钱，不为过分的。可笑！养不起老婆，还怕丢了老婆，哼！

阿好愈来愈少去探他的这事实，使他坚信着阿好和姓简的又凹在一起。有一次阿好来了，他问起她生活状况。起始阿好用别的话支去。最后经不起他坚执地追问，她才俯下首：

"姓简的回来了。"她抬上脸，眼望到很远的角落去，"多亏了姓简的照应着一家。"

万发没有说什么，实在是无话以对，只记得阿好讲这话，脸很酡红的。有人照应着家，总该是好的。

出狱那日阿好和老五来接。老五还穿上新衣。到家来他也见不到姓简的。晚上姓简的回来，带着两瓶啤酒要给他压惊。姓简的向他说着话，咿咿哦哦，实在听不分明。

阿好插身过来。"简先生给你顶了一台牛车。明天起你可以赚实在的啦！"

"顶给我。"万发有些错愕了，一生盼望着拥有的牛车竟在眼前实现！兴高了很有一会，就很生气起自己来——可卑的啊！真正可卑的啊！竟是用妻换来的！

不过他还是接下了牛车，盛情难却地。

几乎是一定的，每礼拜姓简的都给他一瓶啤酒着他晚间到料理店去享用一顿。颇能知趣地，他总盘桓到很夜才家来。有时回得太早了些，在门外张探，挨延到姓简的行事完毕出来到门口铺席的地方和睡熟了的老五一同歇卧，万发方才进家去，脸上漠冷，似乎没有看到姓简的，也没有嗅闻到那浓烈得非常的腋臭一般。

总是七天里送一次酒，从不多一回，姓简的保健知识也相当有一些的哩！

村里有一句话流行着："在室女一盒饼①，二嫁的老娘一牛车！"流行了很广很久的一句话。

打桌围的那起争着起来付钞。他们离去的时候，那个头比鼓饱了气的胸还大的，朝万发的方向唾一口痰，差点哕在他脸上。

万发咕噜咕噜喝尽了酒，估量时间尚早，就拍着桌。"头家，来一碗当归鸭！"

不知悉为什么刚才打桌围的那些人又绕到料理店门口几双眼睛朝他瞪望，有说有笑，仿佛在讲他的臀倒长在他的头上。

1967 年 3 月

选自《嫁妆一牛车》

台湾远景出版社 1975 年版

作家的话 ◇◇

比如《嫁妆一牛车》，那是我小学四五年级的时候，从亲戚口中得知这么一个又辛酸又绝顶有趣的事——一个人为了免于挨饿，只得让一个经济能力较好的男子住进家里，共同享用他的太太。

最有趣的部分是这个经济能力好的男子姓"简"；闽南语就读为"干"。于是村里的人每次到他们家，碰到大人不在，只小孩在，他们就问："喂，干你母在哪？干你母跑到哪去死？"当时我觉得好笑极了。二十多年后，我就动笔写，想写出这个有趣的事件，和读者

———————

① 在室女：处女。

共享。同时也发现民间语言的生动活泼，民间语言想象力的丰富，组合力的精妙，大大令我惊奇感动。——也就在这时候，每当年纪大一点的人，讲起闽南话，我一定像只猫那样竖起耳朵听，没办法正式听，我就偷听——倒有点像爱尔兰剧作家辛（John Synge）住在乡下旅馆，他老兄为了偷听爱尔兰渔村居民的语言，居然将人家楼板挖一个洞，耳朵贴在洞口，听楼下居民的交谈。

不过我比 Synge 乖一点、规矩一点，没有做挖墙的行动或什么的。我想可能是听得过分了，菩萨也生气了，现在就惩罚我一只耳朵听不见了（我现在只靠左耳听）。也从那时起，我大量地运用方言，想把这快失去的珍宝，保留一点下来。

《永恒的寻求》

我写人物，并没有刻意去褒贬他们，每个人都有对的地方，但也有不对的地方。我觉得我们现代人，大部分都是中间人，我就想写这样有对也有错，对对错错，错错对对的中间人。

转引自丘彦明：《把欢笑撒满人间——访小说家王祯和》

评论家的话 ◈

王祯和这种独特的态度，在《嫁妆一牛车》里表现得最为明显。一个穷到无以为生的男人，不得不让另一个男人来共同拥有自己的太太，以换取生活所需。这个故事，比《来春姨悲秋》更容易写得凄怆感人；但王祯和反而有意地把它处理得荒谬可笑。小说里的三个人物，一个重听，一个狐臭，另一个则"嘴巴有屎哈坑大""胸坎一块洗衣板"，完全没有一点女人味。人物的滑稽大大地削弱了人们的同情心，而王祯和的叙述语调又极尽调侃、嘲讽之能事。

《嫁妆一牛车》虽然是比较极端的例子，但事实上王祯和早期的小说没有一篇不具有这种"丑化"人物的嘲弄的语调。当他这样做时，他把人物矮化、鄙俗化，以获得某种程度的喜剧效果，而悲悯之情却付之阙如，或者几乎被淹没掉。

王祯和的语言也"阻碍"我们去同情小说中的人物。他那种杂糅着欧化句法与闽南语词汇的文字，细读之下虽然可以让人看出王祯和的苦心经营，但念起来却非常的艰涩而不顺畅。更重要的是，那好像一层膜，阻隔了读者与小说人物直接交通。他的语言好像一层透明玻璃，我们只能透过玻璃来看那一幕人间的戏剧，而且是被王祯和"丑化"了的木偶戏与滑稽戏。

吕正惠：《荒谬的滑稽戏——王祯和的人生图像》

王祯和真是野心勃勃。他用万发的立场来叙说万发、阿好和简的三角关系，却同时要兼顾阿好与简的立场。文评家多次引用这篇小说副题上的一句话——"生命里总也有修伯特都会无声以对的时候"——来说明万发人生的无奈。本文的讨论，使我们了解到那也是阿好和简的无奈。

基于这种道德诡辩的了解，我们可以简要地回顾文评家对这篇小说的两个保留或质疑的意见。其一，文评家觉得这篇小说的揶揄过度，而忽略了对故事人物——万发——的人道立场的怜悯或同情。其二，文评家觉得这篇小说的语法怪异，可能影响到读者对它的了解或接受。

我们先谈所谓揶揄过度的问题。持这个意见的文评家，多围限于万发的立场来读这篇小说，那种读法总不免在万发身上印证自我，在故事里寻求王祯和对万发的怜悯或同情。妻子红杏出墙，让妻，都可以是男子的奇耻大辱。万发在故事里也"本夫"如何如何，气愤填膺。但是文评家这种寻求总不免带来失望，因为这个故事不只在说万发的苦难，它也在说阿好的苦难。它不只在说万发的无奈与妥协，它也在说阿好与简的无奈与妥协。偏袒万发一人，就得壁垒分明，从他的立场疾恶如仇一番。不去偏袒万发一人，就有必要善恶重叠，道德评价模糊起来。王祯和卑抑万发、阿好与简的相貌与生活情状，目的不只是在制造笑料以博读者一笑。那些卑抑和揶揄，正在平衡与冲淡这三个角色的极端的善恶意涵。这里没有极善或极恶。阿好与简并不是一对狗男女。王祯和要我们和他在道德层面上滔滔雄辩，吵到面红耳赤，而领会到那种似是而非的诡辩。我们无法只对万发一个人——我们必须对这三个角色都——怜悯或同情。那是更大的人道胸怀。

这个故事其实另外还有两个非常入世的，非常人道立场的意义。故事中对阿好的肚腹之饿与性之饥渴的描写，很能让我们在赤裸裸的人的基础上，产生宽容与同情。

我们现在谈文评家对这篇小说语法怪异的保留或质疑的意见，王祯和善于使用方言或外语来造成特殊的小说语言风格。但是文法怪异，以这篇小说为最。我们现在了解到这个故事的道德诡辩，就可以为这篇小说奇特的语法找到简便可信的解释。王祯和要呈现道德常规的纷乱和喧哗。在是非难分，对立而共存之中，寻求最终的宁静与平和，那么他的文法和文字非得异于常规不可。他要大胆冒犯，挑战我们语法的习惯，推扩我们对语法容忍和了解接受的极限。

他要在读者建立新的语法习惯的过程上，推销促成读者对那道德诡辩的理解和接受。闪烁其言，以呈现深意。这个小说语法的阅读经验和我们对万发、阿好与简的善恶评估过程一样：破除常规，让矛盾和对立共存，最后全盘接受。

高令之：《道德诡辩的营建及其超越——〈嫁妆一牛车〉的另一种说法》

七等生
我爱黑眼珠

　　七等生，原名刘武雄。1939 年生于台湾通霄。1959 年毕业于台北师范艺术科，后当过小学教员、公司职员、店员等。1966 年和陈映真等创办了《文学季刊》。1962 年起开始发表作品，1967 年发表的《我爱黑眼珠》在台湾文坛引起争议达十年之久。受欧美现代主义作家影响，作品文本晦涩而奇特，往往无情节，人物性格怪僻孤傲，对世俗价值观念多持强烈的批判态度。著有中短篇小说集《僵局》《我爱黑眼珠》《隐遁者》《来到小镇的亚兹别》《精神病患者》等，长篇小说《削瘦的灵魂》《城之迷》和散文、诗歌等多种。2020 年因病去世。

李龙第没告诉他的伯母，手臂挂着一件女用的绿色雨衣，撑着一把黑色雨伞出门，静静地走出眷属区。他站在大马路旁的一座公路汽车亭里等候汽车准备到城里去。这个时候是一天中的黄昏，但冬季里的雨天尤其看不到黄昏光灿的色泽，只感觉四周围在不知不觉之中渐层地黑暗下去。他约有三十以上的年岁，猜不准他属于何种职业的男人，却可以由他那种随时采着思考的姿态所给人的印象断定他绝对不是很乐观的人。眷属区居住的人看见他的时候，他都在散步；人们都到城市去工作，为什么他单独闲散在这里呢？他从来没有因为相遇而和人点头寒暄。有时他的身旁会有一位漂亮的小女人和他在一起，但人们也不知道他们是夫妇或兄妹。唯一的真实是他寄居在这个眷属区里的一间房子里，和五年前失去丈夫的寡妇邱氏住在一起。李龙第看到汽车仿佛一只冲断无数密布的白亮钢条的怪兽急驶过来，轮声响彻着。人们在汽车厢里叹喟着这场不停的雨。李龙第沉默地缩着肩胛眼睛的视线投出窗外，雨水噼啪地敲打玻璃窗像打着他那张贴近玻璃窗沉思的脸孔。李龙第想着晴子黑色的眼睛，便由内心里的一种感激勾起一阵绞心的哀愁。隔着一层模糊的玻璃望出窗外的他，仿佛看见晴子站在特产店橱窗后面，她的眼睛不断地抬起来瞥望壁上挂钟的指针，心里迫切地祈望回家吃晚饭的老板能准时地转回来接她的班，然后离开那里。他这样闷闷地想着她，想着她在两个人的共同生活中勇敢地负起维持活命的责任的事。汽车虽然像横扫万军一般地直冲前进，他的心还是处在相见是否就会快乐的疑问的境地。

他又转一次市区的公共汽车，才抵达像山连绵坐立的戏院区。李龙第站在戏院廊下的人丛前面守望着晴子约定前来的方向。他的口袋里已经预备着两张戏票。他就要在那些陆续摇荡过来的雨伞中去辨认一把金柄而有红色茉莉花的尼龙伞。突然他想到一件事。他打开雨伞冲到对面商店的走廊，在一间面包店的玻璃橱窗外面观察着那些一盆一盆盛着的各种类型的面包。他终于走进面包店里面要求买两个有葡萄的面包。他把盛面包的纸袋一起塞进他左手臂始终挂吊着的那件绿色雨衣的口袋里。他又用雨伞抵着那万斤的雨水冲奔回到戏院的廊下，仍然站在人丛前面。都市在夜晚中的奇幻景象是早已呈露在眼前。戏院打开铁栅门的声音使李龙第转动了头颅，要看这场戏的人们开始朝着一定的方向蠕动，而且廊下刚刚那多的人一会儿竟像水流流去一样都消失了，只剩下纠缠着人兜售橘子的妇人和卖香花的小女孩。那位卖香花的小女孩再度站在李龙第的面前发出一种令人心恻的音调央求着李龙第摇动他那只挂着雨衣的手臂。他早先是这样思想着：买花不像买面包那么重要。可是这时候七时刚过，他相信晴子就要出现了，他凭着一股冲动掏出一个镍币买了一朵香花，把那朵小花轻轻塞进上衣胸前的小口袋里。

李龙第听到铁栅门关闭的吱喳声。回头看见那些服务员的背影一个一个消失在推开时现出里面黑雾雾的自动门。他的右掌紧握伞柄，羞涩地站在街道中央，眼睛疑惑地直视街道雨茫茫的远处，然后他垂下了他的头，沉痛地走开了。

他沉静地坐上市区的公共汽车，汽车的车轮在街道上刮水前进，几个年轻的小伙子转身趴在窗边，听到车轮刮水的声音竟兴奋地欢呼起来。车厢里面的乘客的笑语声掩着了小许的叹息声音。李龙第的眼睛投注在对面那个赤足褴褛的苍白工人身上；这个工人有着一张长满黑郁郁的胡髭和一双呈露空漠的眼睛的英俊面孔，中央那只瘦直的鼻子的两个孔洞像正在泻出疲倦苦虑的气流，他的手臂看起来坚硬而削瘦，像用刀削过的不均的木棒。几个坐在一起穿着厚绒毛大衣模样像狗熊的男人热烈地谈着雨天的消遣，这时，那几个欢快的小伙子们的狂诓的语声中始夹带着异常难以听闻的粗野的方言。李龙第下车后；那一个街道的积水淹没了他的皮鞋，他迅速朝着晴子为生活日夜把守的特产店走去。李龙第举目所见，街市的店铺已经全都半掩了门户打烊了。他怪异地看见特产店的老板手持一只吸水用的碎布拖把困难地弯曲着他那肥胖的身躯，站在留空的小门中央挡着滚滚流窜的水流，李龙第走近他的身边，对他说：

"请问老板——"

"嗯，什么事？"他轻蔑地瞥视李龙第。

"晴子小姐是不是还在这里？"

他冷淡地摇摇头说：

"她走开了。"

"什么时候离开的？"

"约有半小时，我回家吃饭转来，她好像很不高兴，拿着她的东西抢着就走。"

"哦，没有发什么事罢？"

"她和我吵了起来，就是为这样的事——"

李龙第脸上挂着呆板的笑容，望着这位肥胖的中年男人挺着胸膛的述说：

"——她的脾气，简直没把我看成是一个主人；要不是她长得像一只可爱的鸽子吸引着些客人，否则——我说了她几句，她暴跳了起来，赌咒走的。我不知道她为了什么贵干，因为这么大的雨，我回家后缓慢了一点回来，她就那么不高兴，好像我侵占了她的时间就是剥夺她的幸福一样。老实说我有钱决不会请不到比她漂亮的小姐——。"

李龙第思虑了一下，对他说：

"对不起，打扰你了。"

这位肥胖的人再度伸直了身躯，这时才正眼端详着李龙第那书生气派的外表。

"你是她的什么人？"

"我是她的丈夫。"

"啊，对不起——"

"没关系，谢谢你。"

李龙第重回到倾泻着豪雨的街道来，天空仿佛决裂的堤奔腾出万钧的水量落在这个城市。那些汽车现在艰难地驶着，有的突然停止在路中央，交通便告阻塞。街道变成了河流，行走也已经困难。水深到达李龙第的膝盖，他在这座没有防备而突然降临灾祸的城市失掉了寻找的目标。他的手臂酸麻，已经感觉到撑握不住雨伞，虽然这把伞一直保护他，可是当他抱着万分之一的希望挣扎到城市中心的时候，身体已经淋漓湿透了。他完全被那群无主四处奔逃拥挤的人们的神色和唤叫感染到共同面临灾祸的恐惧。假如这个时候他还能看到他的妻子晴子，这是上天对他何等的恩惠啊。李龙第心焦愤慨地想着：即使面对不能避免的死亡，也得和所爱的人抱在一起啊。当他看到眼前这种空前的景象的时候，他是如此心存绝望；他任何时候都没有像在这一刻一样憎恶人类是那么众多，除了愈加深急的水流外，眼前这些仓皇无主的人扰乱了他的眼睛辨别他的目标。

李龙第看见此时的人们争先恐后地攀上架设的梯子爬到屋顶上，以无比自私和粗野的动作排挤和践踏着别人。他依附在一根巨大的石柱喘息和流泪，他心里感慨地想着：如此模样求生的世人多么可耻啊，我宁愿站在这里牢抱着这根巨柱与巨柱同亡。他的手里的黑伞已经撑不住天空下来的雨，跌落在水流失掉了。他的面孔和身体接触到冰冷的雨水，渐渐觉醒而冷静下来。他暗自伤感着：在这个自然界，死亡一事是最不足道的；人类的痛楚于这冷酷的自然界何所伤害呢？面对这不能抗力的自然的破坏，人类自己坚信与依持的价值如何恒在呢？他庆幸自己在往日所建立的暧昧的信念现在却能够具体地帮助他面对可怕的侵掠而不畏惧，要是他在那时力争着霸占一些权力和私欲，现在如何能忍受得住它们被自然的威力扫荡而去呢？那些想抢回财物或看见平日忠顺呼唤的人现在为了逃命不再回来而悲伤的人们，现在不是都绝望跌落在水中吗？他们的双睛绝望地看着他们漂流和亡命而去，举出他们的双臂，好像伤心地与他们告别。人的存在便是在现在中自己与环境的关系，在这样的境况中，我能首先辨识自己，选择自己和爱我自己吗？这时与神同在吗？水流已经升到李龙第的腰部以上，他还是高举着挂雨衣的左臂，显得更加平静。这个人造的城市在这场大灾祸中顿时失掉了它的光华。

在他的眼前，一切变得黑漆混沌，灾难渐渐在加重。一群人拥过来在他身旁，急忙架设了一座长梯，他们急忙抢着爬上去。他听到沉重落水的声音。呻吟的声音，央求的声音，他看见一个软弱女

121

子的影子扒在梯级的下面，仰着头颅的挣扎着要上去，但她太虚弱了，李龙第涉过去搀扶着她，然后背负着她（这样的弱女子并不太重）一级一级地爬到屋顶上。李龙第到达屋顶放她下来时，她已经因为惊慌和软弱而昏迷过去。他用着那件绿色雨衣包着她湿透和冰冷的身体，搂抱着她静静地坐在屋脊上。他垂着头注视这位在他怀里的陌生女子的苍白面孔，她的双唇无意识地抖动着，眼眶下陷呈着褐黑的眼圈，头发潮湿结粘在一起；他看出她原来在生着病。雨在黑夜的默祷等候中居然停止了它的狂泻，屋顶下面是继续在暴涨的泱泱水流，人们都忧虑地坐在高高的屋脊上面。

李龙第能够看到对面屋脊上无数沉默坐在那里的人们的影子，有时黑色的影子小心缓慢地移动到屋檐再回去，发出单调寂寞的声音报告水量升降情形。从昨夜远近都有断续惊慌的哀号。东方渐渐微明的时候，李龙第也渐渐能够看清周围的人们；一夜的洗涤居然那么成效地使他们显露憔悴，容貌变得良善冷静，友善地迎接投过来的注视。李龙第疑惑地接触到隔着像一条河对岸那屋脊上的一对十分熟识的眼睛，突然升上来的太阳光清楚地照明着她。李龙第警告自己不要惊慌和喜悦。他感觉他身上搂抱着的女人正在动颤。当隔着对岸那个女人猛然站起来喜悦地唤叫李龙第时，李龙第低下他的头，正迎着一对他相似熟识的黑色眼睛。他怀中的女人想挣脱他，可是他反而抱紧着她，他细声严正地警告她说：

"你在生病，我们一起处在灾难中，你要听我的话！"

然后李龙第俯视着她，对她微笑。

他内心这样自语着：我但愿你已经死了：被水冲走或被人们践踏死去，不要在这个时候像这样出现，晴子。现在，你出现在彼岸，我在这里，中间横着一条不能跨越的鸿沟。我承认或缄默我们所持的境遇依然不变，反而我呼应你，我势必抛开我现在的责任。我在我的信念之下，只伫立着等待环境的变迁，要是像那些悲观而静静像石头坐立的人们一样，或嘲笑时事，喜悦整个世界都处在危难中，像那些无情的乐观主义者一样，我就丧失了我的存在。

他的耳朵继续听到对面晴子的呼唤，他却俯着他的头颅注视他怀中的女人。他的思想却这样地回答她：晴子，即使你选择了愤怒一途，那也是你的事；你该看见现在这条巨大且凶险的鸿沟挡在我们中间，你不该想到过去我们的关系。

李龙第怀中的女人不舒适地移动她的身躯，眼睛移开他望着明亮的天空，沙哑地说：

"啊，雨停了——"

李龙第问她：

"你现在感觉怎么样？"

"你抱着我，我感到羞赧。"

她挣扎着想要独自坐起来，但她感到头晕坐不稳，李龙第现在只让她靠着，双膝夹稳着她。

"我想要回家——"

她流泪说道。

"在这场灾难过去后，我们都能够回家，但我们先不能逃脱这场灾难。"

"我死也要回家去，"她倔强地表露了心愿。"水退走了吗？"

"我想它可能渐渐退去了，"李龙第安慰说，"——但也可能还要高涨起来，把我们全都淹没。"

123

李龙第终于听到对面晴子呼唤无效后的咒骂，除了李龙第外，所有听到她的声音的人都以为她发疯了。李龙第怀中的女人垂下了她又疲倦又软弱的眼皮，发出无力的声音自言自语：

"即使水不来淹死我，我也会饿死。"

李龙第注意地听着她说什么话。他伸手从她身上披盖的绿色雨衣口袋掏出面包，面包沾湿了。当他翻转雨衣掏出面包的时候，对面的晴子掀起一阵狂烈的指叫：

"那是我的绿色雨衣，我的，那是我一贯爱吃的有葡萄的面包，昨夜我们约定在戏院相见，所有现在那个女人占有的，全都是我的……"

李龙第温柔地对他怀中的女人说：

"这个面包虽然沾湿了，但水分是经过雨衣过滤的。"

他用手撕剥一小片面包塞在她迎着他张开的嘴里，她一面咬嚼一面注意听到对面屋顶上那位狂叫的女人的话语。她问李龙第：

"那个女人指的是我们吗？"

他点点头。

"她说你是她的丈夫是吗？"

"不是。"

"雨衣是她的吗？"

他摇头。

"为什么你会有一件女雨衣？"

"我扶起你之前，我在水中捡到这件雨衣？"

"她所说的面包为什么会相符？"

"巧合罢。"

"她真的不是你的妻子？"

"绝不是。"

"那么你的妻子呢？"

"我没有。"

她相信他了，认为对面的女人是疯子。她满意地说：

"面包沾湿了反而容易下咽。"

"天毁我们也助我们。"

他严正地再说。李龙第暗暗咽着泪水，他现在看到对面的晴子停止怒骂，倒歇在屋顶上哭泣。有几个人移到李龙第身边来，问他这件事情，被李龙第否认挥退了。因为这场灾祸而发疯甚至跳水的人从昨夜起就有所见闻，凡是听见晴子咒骂的人都深信她发疯了，所以始终没有人理会她。

你说我背叛了我们的关系，但是在这样的境况中，我们如何再接密我们的关系呢？唯一引起你愤怒的不在我的反叛，而在你内心的嫉妒：不甘往日的权益突然被另一个人取代。至于我，我必须选择，在现况中选择，我必须负起我做人的条件，我不是挂名来这个世上获取利益的，我须负起一件使我感到存在的荣耀之责任。无论如何，这一条鸿沟使我感觉我不再是你具体的丈夫，除非有一刻，这个鸿沟消除了，我才可能返回给你，上帝怜悯你，你变得这样狼狈褴褛的模样……

"你自己为什么不吃呢？"

李龙第的脸被一只冰冷的手抚摸的时候，像从睡梦中醒来。他看看怀中的女人，对她微笑。

"你吃饱我再吃，我还没有感到饿。"

李龙第继续把面包一片一片塞在她的口腔里喂她。她一面吃一面问他：

"你叫什么名字？"

"亚兹别。"李龙第脱口说出。

"那个女人说你是李龙第。"

"李龙第是她丈夫的名字，可是我叫亚兹别，不是她的丈夫。"

"假如你是她的丈夫你将怎么样？"

"我会放下你，冒死泅过去。"

李龙第抬头注意对面的晴子在央求救生舟把她载到这边来，可是有些人说她发疯了，于是救生舟的人没有理会她。李龙第低下头问她：

"我要是抛下你，你会怎么样？"

"我会躺在屋顶上慢慢死去，我在这个大都市也原是一个人的，而且正在生病。"

"你在城里做什么事？"

"我是这个城市里的一名妓女。"

"在水灾之前那一刻你正要做什么？"

"我要到车站乘火车回乡下，但我没想到来不及了。"

"为什么你想要回家？"

"我对我的生活感到心灰意冷，我感到绝望，所以我想要回家乡去。"

李龙第沉默下来，对面的晴子坐在那里自言自语地细说着往事，李龙第垂着头静静倾听着。

是的，每一个人都有往事，无论快乐或悲伤都有那一番遭遇。可是人常常把往事的境遇拿来在现在中作为索求的借口，当他（她）

一点也没有索求到时，他（她）便感到痛苦。人往往如此无耻，不断地拿往事来欺诈现在。为什么人在每一个现在中不能企求新的生活意义呢？生命像一根燃烧的木柴，那一端的灰烬虽还具有木柴的外形，可是已不堪抚触，也不能重燃，唯有另一端是坚实和明亮的。

"我爱你，亚兹别。"

李龙第怀抱中的女人突然抬高她的胸部，双手捧着李龙第的头吻他。他静静地让她热烈地吻着。突然一片惊呼在两边的屋顶上掀起来，一声落水的音响使李龙第和他怀中的女人的亲吻分开来，李龙第看到晴子面露极大的痛恨在水里想泅过来，却被迅速退走的水流带走了，一艘救生舟应召紧紧随着她追过去，然后人与舟消失了。

"你为什么流泪？"

"我对人会死亡怜悯。"

那个女人伸出了手臂，手指温柔地把划过李龙第面颊而不曾破坏他那英俊面孔的眼泪擦掉。

"你现在不要理会我，我流泪和现在爱护你同样是我的本性。"

李龙第把最后的一片面包给她，她用那只抚摸他泪水的手夹住面包送进嘴里吃起来。她感觉到什么，对李龙第说：

"我吃到了眼泪，有点咸。"

"这表示卫生可吃。"

李龙第说。李龙第在被困的第二个夜晚中默默思想着：现在你看不到我了，你的心会获得平静。我希望你还活着。

黑漆中，屋顶上的人们纷纷在蠢动，远近到处喧嚷着声音；原来水退走了。这场灾祸来得快也去得快。天明的时候，只留下李龙第还在屋顶上紧紧地抱着那个女人。他们从屋顶上下来，一齐走到火车站。

在月台上，那个女子想把雨衣脱下来还给李龙第，他嘱她这样穿回家去。他想到还有一件东西，他的手指伸进胸前口袋里面，把一朵香花拿出来。因为一直滋润着水分，它依然新鲜地盛开着，没有半点萎谢。他把它插在那个女人的头发上。火车开走了，他慢慢地走出火车站。

李龙第想念着他的妻子晴子，关心她的下落。他想：我必须回家将这一切的事告诉伯母，告诉她我疲倦不堪，我要好好休息几天，躺在床上静养体力；在这样庞大和杂乱的城市，要寻回晴子不是一个倦乏的人能胜任的。

1967 年

选自《我爱黑眼珠》

台湾远行出版社 1976 年版

作家的话 ◈

近来有一位遍读拙作的读者遇到我时和我闲聊了一阵，他说明显的文学性是我的作品的最大特征；他为我抱屈，某些批评家过分草率和武断地以为我的作品没有社会性；他认为不然，他察觉我把人生的一切都转换在文学性的熔炉里，重组成抒情的肌肤，在细心的品察之下显得更为强烈和深厚。……我在这里论说作品的文学性，它是创作者独一无二的责任，不是在自我恭维，而是想告诉读者其真正在做引导作用和启发思维的就是这个被称为文学性的不需言传的存在物。现在我们调换另外的一个意义几乎相等的词——"艺术"，譬如我们在展览会场里，我们几乎无须争辩地很直觉地认定出某些作品是艺术的，或不艺术的。艺术性成了创作家作品的生命，这是他的工作和品格学养的表现。每位作家都有他独特的文学性，像柏拉图的《飨宴》和福楼拜的《包法利夫人》的文学性不同；卡缪的《异乡人》和莫里亚克的《荒漠的爱》有不同的文学性差异；弗洛伊德的精神医学报告《少女杜拉的故事》所具有的文学性读来令我们深觉恻悯。而罗素的《西洋哲学史》的丰饶的文学性使我们穷追不舍那些所谓艰深的哲理。就像女人的魅力一样，文学性使人注目，它是从内涌现出来的一种泉流，与个人个性的发挥合成为"风格"。

《七等生作品集·自序》

评论家的话 ◈

在《我爱黑眼珠》中，七等生把一个平面的角色，充实得那么丰盈，深入了人性深处，挖出了种种矛盾形象，检视了信念与人性的冲突和调和，反映在人心上的痛苦和愉悦，这种功力是目前一些作家们最为欠缺的。而且，七等生的贡献，除了找出一些在社会上常被人遗忘的，渺小卑贱遭人嫌恶的角色，使读者在这些平凡低卑的小人物身上，体会出一些虚饰成习的社会里所欠缺的赤裸得没有矫饰的人性，以及那种富于生命活力的律动之外，我觉得最重要的是他记录了人性在屈辱中，人格向上挣扎的历程，他所追求的或许是企图构建一种精神上的自由与解脱的新形式吧。在这一点上，使人或多或少联想到托斯朵也夫斯基——一位作品最富于生命的震颤的创作者。

周宁：《论七等生的〈我爱黑眼珠〉》

黄 翔

◈ 野 兽

黄翔，1941 年生于湖南桂东。朦胧诗派先驱诗人。1958 年，在《山花》发表民歌体诗歌。1962 年创作《独唱》。著作有诗文选集《黄翔——狂饮不醉的兽形》，文论集《锋芒毕露的伤口》，散文随笔《梦巢随笔》等。

我是一只被追捕的野兽

我是一只刚捕获的野兽

我是被野兽践踏的野兽

我是践踏野兽的野兽

我的年代扑倒我

斜乜着眼睛

把脚踏在我的鼻梁架上

撕着

咬着

啃着

直啃到仅仅剩下我的骨头

即使我只仅仅剩下一根骨头

我也要哽住我的可憎年代的咽喉

1968 年

作家的话 ◈

　　我是谁？我是瀑布的孤魂，一首永久离群索居的诗。我的漂泊的歌声是梦的游踪，我的唯一的听众是沉寂。

《独唱》

　　黄翔的诗让我感动的是他写于 1962 年的《独唱》，我把它当作了诗人的文学观念独白，列入"作家的话"中。而在这首写于特殊年代的诗里，诗的意象更为尖锐，时代使人异化为野兽，但野兽也成为对这时代必须付出的报复，于是"野兽"一词在诗中获得了双重的意义。我们可以对照食指的《疯狗》意象来咀嚼这首诗，其"狂人"心态则是直接继承了"五四"以来的最可贵的战斗传统。

陈思和

食　指

这是四点零八分的北京

食指，生于 1948 年，其时其父母正在行军途中，分娩于路上，故本名为郭路生。长成于北京。1968 年在山西汾阳杏花村插队。1970 年进厂当工人。1971 年参军。复员后一度在北京光电技术研究所工作。"文革"中开始写诗，诗作在插队知青中辗转传抄并广泛流传于京、冀、晋、陕、黑、蒙、滇等地，是后来的"朦胧诗"前驱之一。后因遭受强烈刺激导致精神分裂，长期居家养病。有《食指黑大春诗选》（合集）等出版。

这是四点零八分的北京，

一片手的海浪翻动；

这是四点零八分的北京，

一声雄伟的汽笛长鸣。

北京车站高大的建筑，

突然一阵剧烈地抖动。

我双眼吃惊地望着窗外，

不知发生了什么事情。

我的心骤然一阵疼痛，一定是

妈妈缀扣子的针线穿透了心胸。

这时，我的心变成了一只风筝，

风筝的线绳就在母亲的手中。

线绳绷得太紧了，就要扯断了，

我不得不把头探出车厢的窗棂。

直到这时，直到这时候，

我才明白发生了什么事情。

——一阵阵告别的声浪，

就要卷走车站；

北京在我的脚下，

已经缓缓地移动。

我再次向北京挥动手臂，

想一把抓住她的衣领，

然后对她大声地叫喊：

永远记着我，妈妈啊北京！

终于抓住了什么东西，

管他是谁的手，不能松，

因为这是我的北京，

这是我的最后的北京。

1968 年 12 月 20 日

选自《北京青年现代诗十六家》

漓江出版社 1986 年版

评论家的话 ◈

新诗潮（指"朦胧诗"——编者注）在 20 世纪 70 年代末的出现，表面看来纯属偶然，带有突发的征象。当时的诗歌界和读者，普遍缺乏思想准备，缺乏承受力，因而在反应上有些失措。其实，它的出现，经历了一个时间并不短的酝酿、准备的阶段。这个孕育期有开端，可以上溯到 60 年代末到 70 年代初的"文化大革命"时期。当时，全国范围内正开展知识青年的"上山下乡"运动。"文化大革命"之初，曾经在这场政治动乱中充当"先锋""主力"的红卫兵，这时突然发现他们被放在需要接受"再教育"的位置上。对这场"革命"深深的失望，对自己人生道路的重新思索与选择，以及深入生活底层之后对生活真相的加深认识，使他们中的一部分人，在精神上经历了一次深刻的震荡。对原先确立的信仰，对当时的政治，也包括对被认定为绝对正确的文学艺术观念，产生了普遍性的怀疑和重新审思的情绪。最早揭示这种社会情绪的诗歌作品之一，是当时作为"知青"的郭路生（食指）在 1968 年写的《我的最后的北京》。这首诗，记录了"上山下乡"的青年离开北京，火车开动刹那间的心理反应……失去平衡之后的"剧烈晃动"、倾斜的感觉，是这一代青年中较早进入思考者的心理状态。这种精神矛盾的存在，应该看作是新诗潮孕育、出现的心理感情基础或背景。

洪子诚、刘登瀚：《中国当代新诗史》

曾 卓

悬崖边的树

　　曾卓，1922 年出生于武汉。原名曾庆冠。1940 年参与《诗垦地》丛刊、《诗文学》杂志及丛书编辑工作。1947 年于重庆中央大学历史系毕业后，在中学任教，不久回武汉主编《大刚报》副刊《大江》，后任该报副总编辑。1949 年后曾在湖北教育学院、武汉大学教授文艺学。1952 年任《长江日报》副社长、武汉市文联副主席。1955 年受"胡风反革命集团"案牵连，入狱。1957 年保外就医。1959 年下放农村。1961 年调任武汉人民艺术剧院编剧。1979 年起任武汉市文联副主席、中国作协理事、作协湖北分会副主席。著有诗集《门》《悬崖边的树》《老水手的歌》等。诗思温和蕴藉，单纯中内含沉郁的悲剧性体验，具有象征性。另有散文集《痛苦与欢乐》《美的寻求者》《让火燃着》和《听笛人手记》，诗论集《诗人的两翼》等。2002 年去世。

不知道是什么奇异的风

将一棵树吹到了那边——

平原的尽头

临近深谷的悬岩上

它倾听远处森林的喧哗

和深谷中小溪的歌唱

它孤独地站在那里

显得寂寞而又倔强

它的弯曲的身体

留下了风的形状

它似乎即将倾跌进深谷里

却又像是要展翅飞翔……

1970 年

选自《诗刊》1979 年第 9 期

作家的话 ◈

当我真正懂得人生的严肃和诗的庄严时，却几乎无力歌唱了。这是我的悲哀。

在我写诗的过程中，曾两次长时期地停下笔来，一次是 1944 年前后，一次是 1962 年前后。后一次停笔到现在又有十三四年了。什么时候我又将提起笔来呢？我大致回顾了一下写诗的经历，同时也就是对自己的一次鞭策。我如今迫近老年，健康状况也不大好。二十年来，正是我能够做一点事的时候，却在一种深深寂寞的心情中荒废了。但内心却还激荡着青年时代的回声。当然，已没有可能像当年那样，在纯洁的激情和美丽的梦想中再开始我的道路了。然而，一切都有它的好处——即使是长期的痛苦的煎熬，它终于没有能将我焚毁，而成熟了的痛苦的果实就是力量，虽然它是沉重的。我负荷着它，继续在人生的长途上跋涉。我不是得过且过、无可奈何地一步一步走向坟墓，我的永远骚动的灵魂不能允许我这样做，虽然坟墓也正是我的终点。那曾经在我年轻时响彻我内心的召唤而今还在鼓舞着我，因而我希望，有一天我能够唱出真正的美丽的歌——即使那是"天鹅之歌"！

附注：据传说，天鹅是不唱歌的，只在临死前才唱出一支歌。

《从诗想起的》

评论家的话 ◈

他的《悬崖边的树》，朋友们看了没有不受感动的。他用简洁的手法，塑造出了深远的意境与真挚的形象，写出了让灵魂战栗的那种许多人都有过的沉重的时代感。……这首仅仅十二行的小诗，其容量与重量是巨大的。我从曾卓的以及许多同龄朋友变老变形的身躯上，从他张开的双臂上，确实看到悬崖边的树的感人风姿。那棵树，像是一代人的灵魂的形态（假如灵魂有形态的话）。因此，一年之后，我与绿原编选二十人选集《白色花》时，最初曾想用《悬崖边的树》作为书名。我们觉得它能表现出那一段共同的经历与奋飞的胸臆，是一个鼓舞人的形象。

牛汉：《一个钟情的人》

洛 夫
长恨歌

　　洛夫，原名莫运瑞、莫洛夫，笔名野叟。1928 年生于湖南衡阳。1949 年到台湾，后就读于淡江大学英文系。"创世纪诗社"创始人之一，1954 年与张默、痖弦共同创办诗刊《创世纪》，并担任该诗刊的总编辑一职多年。著有诗集《石室之死亡》《因为风的缘故》《月光房子》等。有"诗魔"之誉。2018 年于台北逝世。

那蔷薇，就像所有的蔷薇，

只开了一个早晨

——巴尔扎克

一

唐玄宗

从

水声里

提炼出一缕黑发的哀恸

二

她是

杨氏家谱中

翻开第一页便仰在那里的

一片白肉

一株镜子里的蔷薇

盛开在轻柔的拂拭中

所谓天生丽质

一粒

华清池中

等待双手捧起的

泡沫

仙乐处处

骊宫中

酒香流自体香

嘴唇，猛力吸吮之后

就是呻吟

而象牙床上伸展的肢体

是山

也是水

一道河熟睡在另一道河中

地层下的激流

涌向

江山万里

及至一支白色歌谣

破土而出

三

他高举着那只烧焦了的手

大声叫喊：

我做爱

因为

我要做爱

因为

我是皇帝

因为

我们惯于血肉相见

四

他开始在床上读报，吃早点，看梳头，批阅奏折

盖章

盖章

盖章

盖章

从此

君王不早朝

五

他是皇帝

而战争

是一滩

不论怎么擦也擦不掉的

黏液

在锦被中

杀伐，在远方

远方，烽火蛇升，天空哑于

一锅叫人心惊的发式

鼙鼓，以火红的舌头

舐着大地

六

河川

仍在两股之间燃烧

仗

不能不打

征战国之大事

娘子，妇道人家之血只能朝某一方向流

于今六军不发

罢了罢了，这马嵬坡前

你即是那杨絮

高举你以广场中的大风

一堆昂贵的肥料

营养着

另一株玫瑰

或

历史中

另一种绝症

七

恨，多半从火中开始

他遥望窗外

他的头

随鸟飞而摆动

眼睛，随落日变色

他呼唤的那个名字

埋入了回声

竟夕绕室而行

未央宫的每一扇窗口

他都站过

冷白的手指剔着灯花

轻咳声中

禁城里全部的海棠

一夜凋成

秋风

他把自己胡须打了一个结又一个结，解开再解开，然后负手踱步，鞋声，鞋声，鞋声，一朵晚香玉在帘子后面爆炸，然后伸张十指抓住一部《水经注》，水声汩汩，他竟读不懂那条河为什么流经掌心时是嘤泣，而非咆哮

他披衣而起

他烧灼自己的肌肤

他从一块寒玉中醒来

千间厢房千烛燃

楼外明月照无眠

墙上走来一女子

脸在虚无缥缈间

八

突然间

他疯狂地搜寻那把黑发

而她递过去

一缕烟

是水，必然升为云

是泥土，必然踩成焦渴的藓苔

隐在树叶中的脸

比夕阳更绝望

一朵菊花在她嘴边

一口黑井在她眼中

一场战争在她体内

一个犹未酿成的小小风暴

在她掌里

她不再牙痛

不再出

唐朝的麻疹

她溶入水中的脸是相对的白与绝对的黑

她不再捧着一碟盐而大呼饥渴

她那要人搀扶的手

颤颤地

指着

一条通向长安的青石路……

十

时间七月七

地点长生殿

一个高瘦的青衫男子

一个没有脸孔的女子

火焰，继续升起

白色的空气中

一双翅膀

又

一双翅膀

飞入殿外的月色

渐去渐远的

私语

闪烁而苦涩

风雨中传来一两个短句的回响

选自《创世纪》第 30 期（1972 年 9 月）

作家的话 ◈◈

　　"真我"，或许就是一个诗人终生孜孜矻矻，在意象的经营中，在跟语言的搏斗中唯一追求的目标。在此一探索过程中，语言既是诗人的敌人，也是诗人凭借的武器，因为诗人最大的企图是要将语言降服，而使其化为一切事物和人类经验的本身。要想达到此一企图，诗人首先必须把自身割成碎片，而后揉入一切事物之中，使个人的生命与天地的生命融为一体。作为一个诗人，我必须意识到，太阳的温热也就是我血液的温热，冰雪的寒冷也就是我肌肤的寒冷，我随云絮而遨游八荒，海洋因我的激动而咆哮，我一挥手，群山奔走；我一歌唱，一株果树在风中受孕，叶落花坠，我的肢体也随之碎裂成片；我可以看到"山鸟通过一幅画而融入自然的本身"，我可以听到树中年轮旋转的声音。

《我的诗观与诗法》

评论家的话 ◈

就题旨而言，洛夫的《长恨歌》是要以反讽的态度去重新审视白居易《长恨歌》中那种缠绵悱恻的爱情。在原诗中，杨贵妃的美丽被写得光彩照人，而在洛夫这里，诗人的口吻是相当理性的，而且带嘲弄的语调，用白肉来指代杨玉环，只不过说明杨玉环是肉欲的牺牲品，与后面对李杨爱情的描写相一致。副词"所谓"加强了嘲弄的语气，天生丽质只不过是泡沫，转瞬即逝。这种美的观念，是理性的、是物质的，而非浪漫的、精神的，杨玉环在此已成一位现代女子，或者说，一位现代人眼中的那种"红颜薄命"的女子。杨玉环与唐玄宗的爱情，始终与战争的意象紧密相连。……

爱情暗示着繁殖，而战争意味着生命的毁灭，将这两者相串联，极具反讽的效果，显示了人类生活中的根本性悖谬，乃至疯狂：一方面是生命的渴望，另一方面是生命的不断自我毁灭。洛夫在这首诗中，显然不只是"玩"古典诗翻新的花样，而是渗透了极其严肃的命题，是对于历史的反省，是对于人性的透视。因此，诗中时空的错乱所造成的反讽，只是加强了诗的思想深度。唐玄宗的行为既是一位皇帝，又好像是一个现代人。

　　人性局限于一种既定的运行轨道，而萎缩成机械的反应，甚至连造爱也是如此。历史与现实，政治与个人命运，在这首诗中紧密交织，于戏谑性的反讽中，凸现的是诗人强烈的悲剧意识：一切皆为虚无。虚无不是颓废，更不是懦弱，而是直视时间中的人生、把捉到生命的空茫之后的那份无奈与坦荡。

费勇：《洛夫诗歌与历史题材》

丰子恺

缘缘堂续笔（二则）

　　丰子恺，本名丰润，字慈玉，号子恺，1898 年生于浙江崇德。1921 年自费去日本留学，学习西洋画与音乐。回国后以画传世。有《子恺漫画》等；主要散文作品有《缘缘堂随笔》等。其画朴质率真、似拙似稚，别有一趣；其文则淡泊雅致，不矫不伪，趣味盎然。早年师从李叔同，终身师之，信佛在家为居士。"文化大革命"中画、文均遭批判，仍在极度困难中完成佛教画册《护生画集》，以纪念老师李叔同，并坚持写作《缘缘堂续笔》，风格一如其旧。1975 年病逝于上海。现有《丰子恺文集》八卷。

癞六伯

　　癞六伯，是离石门湾五六里的六塔村里的一个农民。这六塔村很小，一共不过十几户人家，癞六伯是其中之一。我童年时候，看见他约有五十多岁，身材瘦小，头上有许多癞疮疤。因此人都叫他癞六伯。此人姓甚名谁，一向不传，也没有人去请教他。只知道他家中只有他一人，并无家属。既然称为"六伯"，他上面一定还有五个兄或姐，但也一向不传。总之，癞六伯是孑然一身。

　　癞六伯孑然一身，自耕自食，自得其乐。他每日早上挽了一只篮步行上街，走到木场桥边，先到我家找奶奶，即我母亲。"奶奶，这几个鸡蛋是新鲜的，两支笋今天早上才掘起来，也很新鲜。"我母亲很欢迎他的东西，因为的确都很新鲜。但他不肯讨价，总说"随你给吧"。我母亲为难，叫店里的人代为定价。店里人说多少，癞六伯无不同意。但我母亲总是多给些，不肯欺负这老实人。于是癞六伯道谢而去。他先到街上"做生意"，即卖东西。大约九点多钟，他就坐在对河的汤裕和酒店门前的饭桌上吃酒了。这汤裕和是一家酱园，但兼卖热酒。门前搭着一个大凉棚，凉棚底下，靠河口，设着好几张板桌。癞六伯就占据了一张，从容不迫地吃时酒。时酒，是一种白色的米酒，酒力不大，不过二十度，远非烧酒可比，价钱也很便宜，但颇能醉人。因为做酒的时候，酒缸底上用砒霜画一个"十"字，酒中含有极少量的砒霜。砒霜少量原是无害而有益的，它能养筋活血，使酒力遍达全身，因此这时酒颇能醉人，但也醒得很快，喝过之后一两个钟头，酒便完全醒了。农民大都爱吃时酒，就为了它价钱便宜，醉得很透，醒得很快。农民都要工作，长醉是不相宜的。我也爱吃这种酒，后来客居杭州上海，常常从故乡买时酒来喝。因为我要写作，宜饮此酒。李太白"但愿长醉不愿醒"，我不愿。

且说癫六伯喝时酒，喝到饱和程度，还了酒钱，提着篮子起身回家了。此时他头上的癫疮疤变成通红，走步有些摇摇晃晃。走到桥上，便开始骂人了。他站在桥顶上，指手画脚地骂："皇帝万万岁，小人日日醉！""你老子不怕！""你算有钱？千年田地八百主！""你老子一条裤子一根绳，皇帝看见让三分！"骂的内容大概就是这些，反复地骂到十来分钟。旁人久已看惯，不当一回事。癫六伯在桥上骂人，似乎是一种自然现象，仿佛鸡啼之类。我母亲听见了，就对陈妈妈说："好烧饭了，癫六伯骂过了。"时间大约在十点钟光景，很准确的。

有一次，我到南沈浜亲戚家做客。下午出去散步，走过一爿小桥，一只狗声势汹汹地赶过来。我大吃一惊，想拾石子来抵抗，忽然一个人从屋后走出来，把狗赶走了。一看，这人正是癫六伯，这里原来是六塔村了。这屋子便是癫六伯的家。他邀我进去坐，一面告诉我："这狗不怕。叫狗勿咬，咬狗勿叫。"我走进他家，看见环堵萧然，一床、一桌、两条板凳、一只行灶之外，别无长物。墙上有一个搁板，堆着许多东西，碗盏、茶壶、罐头，连衣服也堆在那里。他要在行灶上烧茶给我吃，我阻止了。他就向搁板上的罐头里摸出一把花生来请我吃："乡下地方没有好东西，这花生是自己种的，燥倒还燥。"我看见墙上贴着几张花纸，即新年里买来的年画，有《马浪荡》《大闹天宫》《水没金山》等，倒很好看。他就开开后门来给我欣赏他的竹园。这里有许多枝竹，一群鸡，还种着些菜。我现在回想，癞六伯自耕自食，自得其乐，很可羡慕。但他毕竟孑然一身，孤苦伶仃，不免身世之感。他的喝酒骂人，大约是泄愤的一种方法吧。

不久，亲戚家的五阿爹来找我了。癞六伯又抓一把花生来塞在我的袋里。我道谢告别，癞六伯送我过桥，喊走那只狗。他目送我回南沈浜。我去得很远了，他还在喊："小阿官①！明天再来玩!"

塘　栖

夏目漱石的小说《旅宿》（日文名《草枕》）中，有这样的一段文章："像火车那样足以代表二十世纪的文明的东西，恐怕没有了。把几百个人装在同样的箱子里蓦然地拉走，毫不留情。被装进在箱子里的许多人，必须大家用同样的速度奔向同一车站，同样地熏沐蒸汽的恩泽。别人都说乘火车，我说是装进火车里。别人都说乘了火车走，我说被火车搬运。像火车那样蔑视个性的东西是没有的了。……"

我翻译这篇小说时，一面非笑这位夏目先生的顽固，一面体谅他的心情。在二十世纪中，这样重视个性，这样嫌恶物质文明的，恐怕没有了。有之，还有一个我，我自己也怀着和他同样的心情呢。

---

① 小阿官，作者家乡一带对小主人的称呼。

从我乡石门湾到杭州，只要坐一小时轮船，乘一小时火车，就可到达。但我常常坐客船，走运河，在塘栖过夜，走它两三天，到横河桥上岸，再坐黄包车来到田家园的寓所。这寓所赛如我的"行宫"，有一男仆经常照管着。我那时不务正业，全靠在家写作度日，虽不富裕，倒也开销得过。

客船是我们水乡一带地方特有的一种船。水乡地方，河流四通八达。这环境娇养了人，三五里路也要坐船，不肯步行。客船最讲究，船内装备极好。分为船艄、船舱、船头三部分，都有板壁隔开。船艄是摇船人上作之所，烧饭也在这里。船舱是客人坐的，船头上安置什物。舱内设一榻、一小桌，两旁开玻璃窗，窗下都有坐板。那张小桌平时摆在船舱角里，三只短脚搁在坐板上，一只长脚落地。倘有四人共饮，三只短脚可接长来，四脚落地，放在船舱中央。此桌约有二尺见方，叉麻雀也可以。舱内隔壁上都嵌着书画镜框，竟像一间小小的客堂。这种船真可称之为画船。这种画船雇用一天大约一元（那时米价每石约二元半）。我家在附近各埠都有亲戚，往来常坐客船。因此船家把我们当作老主顾。但普通只雇一天，不在船中宿夜。只有我到杭州，才包它好几天。

吃过早饭，把被褥用品送进船内，从容开船。凭窗闲眺两岸景色，自得其乐。中午，船家送出酒饭来。傍晚到达塘栖，我就上岸去吃酒了。塘栖是一个镇，其特色是家家门前建着凉棚，不怕天雨。有一句话，叫作"塘栖镇上落雨，淋勿着"。"淋"与"轮"发音相似，所以凡事轮不着，就说"塘栖镇上落雨"。且说塘栖的酒店，有一特色，即酒菜种类多而分量少。几十只小盆子罗列着，有荤有素，有干有湿，有甜有咸，随顾客选择。真正吃酒的人，才能赏识这种酒家。若是壮士、莽汉，像樊哙、鲁智深之流，不宜上这种酒家。他们狼吞虎嚼起来，一盆酒菜不够一口。必须是所谓酒徒，才可请进来。酒徒吃酒，不在菜多，但求味美。呷一口花雕，嚼一片嫩笋，其味无穷。这种人深得酒中三昧，所以称之为"徒"。迷于赌博的叫作赌徒，迷于吃酒的叫作酒徒。但爱酒毕竟和爱钱不同，故酒徒不宜与赌徒同列。和尚称为僧徒，与酒徒同列可也。我发了这许多议论，无非要表示我是个酒徒，故能赏识塘栖的酒家。我吃过一斤花雕，要酒家做碗素面，便醉饱了。算还了酒钞，便走出门，到淋勿着的塘栖街上去散步。塘栖枇杷是有名的。我买些白沙枇杷，回到船里，分些给船娘，然后自吃。

在船里吃枇杷是一件快适的事。吃枇杷要剥皮，要出核，把手弄脏，把桌子弄脏。吃好之后必须收拾桌子，洗手，实在麻烦。船里吃枇杷就没有这种麻烦。靠在船窗口吃，皮和核都丢在河里，吃好之后在河里洗手。坐船逢雨天，在别处是不快的，在塘栖却别有趣味。因为岸上淋勿着，绝不妨碍你上岸。况且有一种诗趣，使你想起古人的佳句："人人尽说江南好，游人只合江南老。春水碧于天，画船听雨眠。""闲梦江南梅熟日，夜船吹笛雨潇潇。"古人赞美江南，不是信口乱道，确是亲身体会才说出来的。江南佳丽地，塘栖水乡是代表之一。我谢绝了二十世纪的文明产物的火车，不惜工本地坐客船到杭州，实在并非顽固。知我者，其唯夏目漱石乎？

选自《丰子恺散文全编》
浙江文艺出版社 1992 年版

作家的话 ◈

记得某批评家说："文艺创作是盲进的，不期然而然的。"我过去写了许多文章，自己的确没有知道文章的性状如何。我只是爱这么写就这么写而已。

……在中国，我觉得孩子太少了。成人们大都热衷于名利，萦心于社会问题、政治问题、经济问题、实业问题……没有注意身边琐事，细嚼人生滋味的余暇与余力，即没有做孩子的资格。孩子们呢，也大都被唱党歌，讲遗嘱，讲演，竞赛，考试，分数……弄得像机器人一样，失却了孩子原有的真率与趣味。

《读〈缘缘堂随笔〉》

推荐者的话 ◈

《癞六伯》《塘栖》是丰子先生20世纪70年代初期写的，考虑到时代背景和当时写作的基本面貌，我们就会觉得这样的作品特别可贵。上面一段"作家的话"，是丰子恺40年代中期写的，可是以此来看二十多年后的《缘缘堂续笔》与当时时代社会之间的反差，竟然是惊人的恰切。在40年代，日本作家吉川幸次郎说丰子恺"对于万物有丰富的爱"，谷崎润一郎说他爱写"没有什么实用的、不深奥的、琐屑的、轻微的事物"，可是此种品质和情趣能够在70年代还保持着，并且似乎是毫不在乎外面的世界是个什么情形自然地表现出来，这样的写作品质是非常难得的。

张新颖

牛　汉

华南虎

　　牛汉，1923 年出生于山西定襄，原名史成汉，曾用笔名谷风。在天水读完中学。20 世纪 40 年代在西北大学读俄文、编《流火》，曾因参加学生运动被捕入狱。1941 年开始发表诗作。是"七月"诗派重要成员之一。1953 年进入人民文学出版社，后因胡风案件牵连长期搁笔。1979 年后任《新文学史料》主编、《中国》副主编、中国作协理事等。50 年代初出版诗集《彩色的生活》《祖国》《在祖国的面前》《爱与歌》。在六七十年代那段年月里，曾写下过不少诗作。80 年代出版诗集《温泉》《海上蝴蝶》《沉默的悬崖》及诗选集《蚯蚓与羽毛》等。诗心易为悲壮的，特别是厄境中坚毅不屈的物象触动，注重情境与意象的对应契合，使长期凝聚或瞬间爆发的感悟，具有物象的可感性。代表作有《华南虎》《悼念一棵枫树》等。著有诗论集《学诗手记》等。2013 年于北京病逝。

在桂林

小小的动物园里

我见到一只老虎。

我挤在叽叽喳喳的人群中

隔着两道铁栅栏

向笼里的老虎

张望了许久许久，

但一直没有瞧见

老虎斑斓的面孔

和火焰似的眼睛。

笼里的老虎

背对胆怯而绝望的观众，

安详地卧在一个角落，

有人用石块砸它

有人向它厉声呵斥

有人还苦苦劝诱

它都一概不理！

又长又粗的尾巴

悠悠地在拂动，

哦，老虎，笼中的老虎，

你是梦见了苍苍莽莽的山林吗？

是屈辱的心灵在抽搐吗？

还是想用尾巴鞭击那些可怜而可笑的观众？

你的健壮的腿

直挺挺地向四方伸开，

我看见你的每个趾爪

全都是破碎的，

凝结着浓浓的鲜血！

你的趾爪

是被人捆绑着

活活地铰掉的吗？

还是由于悲愤

你用同样破碎的牙齿

（听说你的牙齿是被钢锯锯掉的）

把它们和着热血咬碎……

我看见铁笼里

灰灰的水泥墙壁上

有一道一道的血淋淋的沟壑

像闪电那般耀眼刺目！

我终于明白……

我羞愧地离开了动物园，

恍惚之中听见一声

石破天惊的咆哮，

有一个不羁的灵魂

掠过我的头顶

腾空而去，

我看见了火焰似的斑纹

火焰似的眼睛，

还有巨大而破碎的

滴血的趾爪！

1973 年 6 月

选自《蚯蚓和羽毛》

人民文学出版社 1986 年 4 月版

作家的话 ◈

……

沉重的虚点，是斫伐了的森林的树桩，是被斩断了还用一截截残体耕耘大地的蚯蚓，是结绳时代的绳结，是一条小虫在荆棘中爬行时留下的足迹，是深深的地层下的河道，是一个人命运的图腾，是黎明前朦胧的地平线……

在古云梦泽劳动了整五年，大自然的创伤与痛苦触动了我的心灵。由于圩湖造田，向阳湖从 1970 年起就名存实亡，成为一个没有水的湖。我们在过去的湖底、今天的草泽泥沼里造田。炎炎似火的阳光下，我看见一个熟透了的小小的湖沼（这是一个方圆几十里的湖最后一点水域）吐着泡沫，蒸腾着死亡的腐烂气味，湖面上漂起一层苍白的死鱼，成百的水蛇耐不住闷热，棕色的头探出水面，大张着嘴巴喘气，吸血的蚂蟥逃到芦苇秆上缩成核桃大小的球体。一片嘎嘎的鸣叫声，千百只水鸟朝这个刚刚死亡的湖沼飞来，除去人之外，已死的和垂死的生物，都成为它们争夺的食物。向阳湖最后闭上眼睛……十几年来，我第一次感到诗在心中冲动。

《对于人生和诗的点滴回顾和断想》

推荐者的话 ◈

牛汉的诗情易于为悲壮的、特别是困境中坚毅不屈的物象所触动。《华南虎》无疑是这方面最负盛名的代表作。由华南虎的处境（囚禁于铁笼，被浮躁而胆怯的人群骚扰，徒有啸傲山林的记忆和无地释放的生命元气），引发诗人对自身处境的悲哀（才华、精力正当盛年，却只能守着咸宁一隅荒地）；笼壁上带血的趾痕，灼痛和惊醒着所有沉闷而委顿的灵魂。

李振声

芒 克
葡萄园

芒克，原名姜世伟，1950 年出生于辽宁沈阳，后随父母在北京定居。1969 年，因"文革"爆发而中断了初中学业，来到河北白洋淀插队。20 世纪 70 年代初开始发表诗作。1976 年返回北京当工人。1978 年曾参与创办《今天》杂志，任副主编。著有诗集《旧梦》（1983）、长诗《群猿》（1986）和长篇小说《野事》（1989）等。

一小块葡萄园，
是我发甜的家。

当秋风突然走进哐哐作响的门口，
我的家园都是含着眼泪的葡萄。

那使院子早早暗下来的墙头，
几只鸽子惊慌飞走。

胆怯的孩子把弄脏的小脸
偷偷地藏在房后。

平时总是在这里转悠的狗，
这会儿不知溜到哪里去了。

一群红色的鸡满院子扑腾
咯咯地叫个不停。

我眼看着葡萄掉在地上，
血在落叶中间流。

这真是个想安宁也不能安宁的日子，

这是在我家失去阳光的时候。

1973 年

选自《朦胧诗选》

春风文艺出版社 1985 年版

作家的话 ◈

忽然，希望变成泪水掉在地上，

又怎能料想明天没有悲伤。

——《十月的献诗》

推荐者的话 ◈

诗人以回忆的视角，借助于一系列意象的组合，营造了一个安宁、欢乐的家园被突然惊扰的灾变图景，并在对童年创伤记忆的抒写中，以个人的方式表达了对历史灾难的沉思和诅咒。无情的秋风与惊慌的鸽子，高高的院墙与失去的阳光，悠闲的狗与扑腾的鸡，这一系列意象组成了一个完整自然的象征画面，特别是对葡萄意象的发现和抒写，巧妙地将安宁、收获、喜悦和创伤、悲哀的对立情绪，凝聚在对葡萄的外在特征的描绘之中，在它的香甜的气味与灾难的血腥之间，在鲜艳而凝重的浆汁与"含着眼泪"和"在落叶间"流淌的鲜血之间，充满了一种紧张的对峙和巨大的张力。

宋炳辉

余光中

听听那冷雨

　　余光中，祖籍福建永春，1928 年生于南京。1947 年后先后就读于金陵大学、厦门大学外文系。1949 年后在台湾大学外文系学习。1954 年与覃子豪等创立蓝星诗社。1956 年在东吴大学任教。1957 年主编《蓝星》周刊。1958 年赴美国爱荷华大学进修。主编过《现代文学》《文星》杂志。后任教于香港中文大学、台湾师范大学、政治大学。著有诗集《舟子的悲歌》《蓝色的羽毛》《钟乳石》《万圣节》《莲的联想》《在冷战的年代》《白玉苦瓜》等。20 世纪 50 年代诗作受现代主义影响，60 年代趋于成熟，其诗具有浓重的中国意识和深厚的历史感，构思奇巧，视域宽阔，意象新丽。其散文富于诗意，文字典雅，俊逸而雄浑，有散文集《左手的缪思》《逍遥游》《焚鹤人》《听听那冷雨》等。2017 年12 月14 日去世。

惊蛰一过，春寒加剧。先是料料峭峭，继而雨季开始，进而淋淋漓漓，时而淅淅沥沥，天潮潮地湿湿，即连在梦里，也似乎把伞撑着。而就凭一把伞，躲过一阵潇潇的冷雨，也躲不过整个雨季。连思想也都是潮润润的。每天回家，曲折穿过金门街到厦门街迷宫式的长巷短巷，雨里风里，走入霏霏令人更想入非非。想这样子的台北凄凄切切完全是黑白片的味道，想整个中国整部中国的历史无非是一张黑白片子，片头到片尾，一直是这样下着雨的。这种感觉，不知道是不是从安东尼奥尼那里来的。不过那一块土地是久违了，二十五年，四分之一的世纪，即使有雨，也隔着千山万山，千伞万伞。二十五年，一切都断了，只有气候，只有气象报告还牵连在一起。大寒流从那块土地上弥天卷来，这种酷冷吾与古大陆分担。不能扑进她怀里，被她的裙边扫一扫吧也算是安慰孺慕之情。

这样想时，严寒里竟有一点温暖的感觉了。这样想时，他希望这些狭长的巷子永远延伸下去，他的思路也可以延伸下去，不是金门街到厦门街，而是金门到厦门。他是厦门人，至少是广义的厦门人，二十年来，不住在厦门，住在厦门街，算是嘲弄吧，也算是安慰。不过说到广义，他同样也是广义的江南人，常州人，南京人，川娃儿，五陵少年。杏花春雨江南，那是他的少年时代了。再过半个月就是清明。安东尼奥尼的镜头摇过去，摇过去又摇过来。残山剩水犹如是。皇天后土犹如是。纭纭黔首纷纷黎民从北到南犹如是。那里面是中国吗？那里面当然还是中国永远是中国。只是杏花春雨已不再。牧童遥指已不再,剑门细雨渭城轻尘也都已不再。然则他日思夜梦的那片土地,究竟在哪里呢?

在报纸的头条标题里吗?还是香港的谣言里?还是傅聪的黑键白键马思聪的跳弓拨弦?还是安东尼奥尼的镜底勒马洲的望中?还是呢,故宫博物院的壁头和玻璃柜内,京戏的锣鼓声中太白和东坡的韵里?

杏花。春雨。江南。六个方块字,或许那片土就在那里面。而无论赤县也好神州也好中国也好,变来变去,只要仓颉的灵感不灭美丽的中文不老,那形象,那磁石一般的向心力当必然长在。因为一个方块字是一个天地。太初有字,于是汉族的心灵他祖先的回忆和希望便有了寄托。譬如凭空写一个"雨"字,点点滴滴,滂滂沱沱,淅淅沥沥沥沥,一切云情雨意,就宛然其中了。视觉上的这种美感,岂是什么 rain 也好 pluie 也好所能满足?翻开一部《辞源》或《辞海》,金木水火土,各成世界,而一入"雨"部,古神州的天颜千变万化,便悉在望中,美丽的霜雪云霞,骇人的雷电霹雹,展露的无非是神的好脾气与坏脾气,气象台百读不厌门外汉百思不解的百科全书。

听听,那冷雨。看看,那冷雨。嗅嗅闻闻,那冷雨,舔舔吧那冷雨。雨在他的伞上这城市百万人的伞上雨衣上屋上天线上雨下在基隆港在防波堤海峡的船上,清明这季雨。雨是女性,应该最富于感性。雨气空濛而迷幻,细细嗅嗅,清清爽爽新新,有一点点薄荷的香味,浓的时候,竟发出草和树沐发后特有的淡淡土腥气,也许那竟是蚯蚓和蜗牛的腥气吧,毕竟是惊蛰了啊。也许地上的地下的生命也许古中国层层叠叠的记忆皆蠢蠢而蠕,也许是植物的潜意识和梦吧，那腥气。

第三次去美国，在高高的丹佛他山居了两年。美国的西部，多山多沙漠，千里干旱，天，蓝似安格罗·萨克逊人的眼睛，地，红如印第安人的肌肤，云，却是罕见的白鸟，落矶山簇簇耀目的雪峰上，很少飘云牵雾。一来高，二来干，三来森林线以上，杉柏也止步，中国诗词里"荡胸生层云"，或是"商略黄昏雨"的意趣，是落矶山上难睹的景象。落矶山岭之胜，在石，在雪。那些奇岩怪石，相叠互倚，砌一场惊心动魄的雕塑展览，给太阳和千里的风看。那雪，白得虚虚幻幻，冷得清清醒醒，那股皑皑不绝一仰难尽的气势，压得人呼吸困难，心寒眸酸。不过要领略"白云回望合，青霭入看无"的境界，仍须回来中国。台湾湿度很高，最饶云气氤氲雨意迷离的情调。两度夜宿溪头，树香沁鼻，宵寒袭肘，枕着润碧湿翠苍苍交叠的山影和万籁都歇的岑寂，仙人一样睡去。山中一夜饱雨，次晨醒来，在旭日未升的原始幽静中，冲着隔夜的寒气，踏着满地的断柯折枝和仍在流泻的细股雨水，一径探入森林的秘密，曲曲弯弯，步上山去。溪头的山，树密雾浓，翁郁的水汽从谷底冉冉升起，时稠时稀，蒸腾多姿，幻化无定，只能从雾破云开的空处，窥见乍现即隐的一峰半壑，要纵览全貌，几乎是不可能的。至少入山两次，只能在白茫茫里和溪头诸峰玩捉迷藏的游戏，回到台北，世人问起，除了笑而不答心自闲，故作神秘之外，实际的印象，也无非山在虚无之间罢了。云缭烟绕，山隐水迢的中国风景，由来予人宋画的韵味。那天下也许是赵家的天下，那山水却是米家的山水。而究竟，是米氏父子下笔像中国的山水，还是中国的山水上纸像宋画。恐怕是谁也说不清楚了吧？

雨不但可嗅，可亲，更可以听。听听那冷雨。听雨，只要不是石破天惊的台风暴雨，在听觉上总是一种美感。大陆上的秋天，无论是疏雨滴梧桐，或是骤雨打荷叶，听去总有一点凄凉，凄清，凄楚，于今在岛上回味，则在凄楚之外，更笼上一层凄迷了。饶你多少豪情侠气，怕也经不起三番五次的风吹雨打。一打少年听雨，红烛昏沉。两打中年听雨，客舟中，江阔云低。三打白头听雨在僧庐下，这便是亡宋之痛，一颗敏感心灵的一生：楼上，江上，庙里，用冷冷的雨珠子串成。十年前，他曾在一场摧心折骨的鬼雨中迷失了自己。雨，该是一滴湿漓漓的灵魂，窗外在喊谁。

　　雨打在树上和瓦上，韵律都清脆可听。尤其是铿铿敲在屋瓦上，那古老的音乐，属于中国。王禹偁在黄冈，破如椽的大竹为屋瓦。据说住在竹楼上面，急雨声如瀑布，密雪声比碎玉，而无论鼓琴，咏诗，下棋，投壶，共鸣的效果都特别好。这样岂不像住在竹筒里面，任何细脆的声响，怕都会加倍夸大，反而令人耳朵过敏吧。

　　雨天的屋瓦，浮漾湿湿的流光，灰而温柔，迎光则微明，背光则幽黯，对于视觉，是一种低沉的安慰。至于雨敲在鳞鳞千瓣的瓦上，由远而近，轻轻重重轻轻，夹着一股股的细流沿瓦槽与屋檐潺潺泻下，各种敲击音与滑音密织成网，谁的千指百指在按摩耳轮。"下雨了"，温柔的灰美人来了，她冰冰的纤手在屋顶拂弄着无数的黑键啊灰键，把晌午一下子奏成了黄昏。

　　在古老的大陆上，千屋万户是如此。二十多年前，初来这岛上，日式的瓦屋亦是如此。先是天黯了下来，城市像罩在一块巨幅的毛玻璃里，阴影在户内延长复加深。然后凉凉的水意弥漫在空间，风自每一个角落里旋起，感觉得到，每一个屋顶上呼吸沉重都覆着灰云。雨来了，最轻的敲打乐敲打这城市，苍茫的屋顶，远远近近，一张张敲过去，古老的琴，那细细密密的节奏，单调里自有一种柔婉与亲切，滴滴点点滴滴，似幻似真，若孩时在摇篮里，一曲耳熟的童谣摇摇欲睡，母亲吟哦鼻音与喉音。或是在江南的泽国水乡，一大筐绿油油的桑叶被啃于千百头蚕，细细琐琐屑屑，口器与口器咀咀嚼嚼。雨来了，雨来的时候瓦这么说，一片瓦说千亿片瓦说，说轻轻地奏吧沉沉地弹，徐徐地叩吧挞挞地打，间间歇歇敲一个雨季，即兴演奏从惊蛰到清明，在零落的坟上冷冷奏挽歌，一片瓦吟千亿片瓦吟。

在日式的古屋里听雨，听四月，霏霏不绝的黄霉雨，朝夕不断，旬月绵延，湿黏黏的苔藓从石阶下一直侵到他舌底，心底。到七月，听台风台雨在古屋顶上一夜盲奏，千吓海底的热浪沸沸被狂风挟来，掀翻整个太平洋只为向他的矮屋檐重重压下，整个海在他的蜗壳上哗哗泻过。不然便是雷雨夜，白烟一般的纱帐里听羯鼓一通又一通，滔天的暴雨滂滂沛沛扑来，强劲的电琵琶忐忑忑忑忐忑忑，弹动屋瓦的惊悸腾腾欲掀起。不然便是斜斜的西北雨斜斜，刷在窗玻璃上，鞭在墙上打在阔大的芭蕉叶上，一阵寒濑泻过，秋意便弥漫日式的庭院了。

在日式的古屋里听雨，春雨绵绵听到秋雨潇潇，从少年听到中年，听听那冷雨。雨是一种单调而耐听的音乐是室内乐是室外乐，户内听听，户外听听，冷冷，那音乐。雨是一种回忆的音乐，听听那冷雨，回忆江南的雨下得满地是江湖下在桥上和船上，也下在四川在秧田和蛙塘下肥了嘉陵江下湿布谷咕咕的啼声。雨是潮潮润润的音乐下在渴望的唇上舐舐那冷雨。

因为雨是最最原始的敲打乐从记忆的彼端敲起。瓦是最最低沉的乐器灰蒙蒙的温柔覆盖着听雨的人，瓦是音乐的雨伞撑起。但不久公寓的时代来临，台北你怎么一下子长高了，瓦的音乐竟成了绝响。千片万片的瓦翩翩，美丽的灰蝴蝶纷纷飞走，飞入历史的记忆。现在雨下下来下在水泥的屋顶和墙上，没有音韵的雨季。树也砍光了，那月桂，那枫树，柳树和擎天的巨椰，雨来的时候不再有丛叶嘈嘈切切，闪动湿湿的绿光迎接。鸟声减了啾啾，蛙声沉了阁阁，秋天的虫吟也减了唧唧。七十年代的台北不需要这些，一个乐队接一个乐队便遣散尽了。要听鸡叫，只有去诗经的韵里寻找。现在只剩下一张黑白片，黑白的默片。

正如马车的时代去后，三轮车的时代也去了。曾经在雨夜，三轮车的油布篷挂起，送她回家的途中，篷里的世界小得多可爱，而且躲在警察的辖区以外。雨衣的口袋越大越好，盛得下他的一只手里握一只纤纤的手。台湾的雨季这么长，该有人发明一种宽宽的双人雨衣，一人分穿一只袖子，此外的部分就不必分得太苛。而无论工业如何发达，一时似乎还废不了雨伞。只要雨不倾盆，风不横吹，撑一把伞在雨中仍不失古典的韵味，任雨点敲在黑布伞或是透明的塑胶伞上，将骨柄一旋，雨珠向四方喷溅，伞缘便旋成了一圈飞檐。跟女友共一把雨伞，该是一种美丽的合作吧。最好是初恋，有点兴奋，更有点不好意思，若即若离之间，雨不妨下大一点，真正初恋，恐怕是兴奋得不需要伞的，手牵手在雨中狂奔而去，把年轻的长发和肌肤交给漫天的淋淋漓漓，然后向对方的唇上颊上尝凉凉甜甜的雨水。不过那要非常年轻且激情，同时，也只能发生在法国的新潮片里吧。

大多数的雨伞想不会为约会张开。上班下班，上学放学，菜市来回的途中，现实的伞，灰色的星期三。握着雨伞，他听那冷雨打在伞上。索性更冷一些就好了，他想。索性把湿湿的灰雨冻成干干爽爽的白雨，六角形的结晶体在无风的空中回回旋旋地降下来，等须眉和肩头白尽时，伸手一拂就落了。二十五年，没有受故乡白雨的祝福，或许发上下一点白霜是一种变相的自我补偿吧。一位英雄，经得起多少次雨季？他的额头是水成岩削成还是火成岩？他的心底究竟有多厚的苔藓？厦门街的雨巷走了二十年与记忆等长，一座无瓦的公寓在巷底等他，一盏灯在楼上的雨窗子里，等他回去，向晚餐后的沉思冥想去整理青苔深深的记忆。前尘隔海。古屋不再。听听那冷雨。

1974 年春

选自《听听那冷雨》

台湾纯文学出版社 1974 年版

作家的话 ◈

我所期待的散文，应该有声，有色，有光；应该有木箫的甜味，釜形大铜鼓的骚响？有旋转自如虹一样的光谱，而明灭闪烁于字里行间的，应该有一种奇幻的光。一位出色的散文家，当他的思想与文字相遇，每如撒盐于烛，会喷出七彩的火花。

《左手的缪思·后记》

评论家的话 ◈

读《听听那冷雨》，看看他对散文艺术作了多少探索与革新。以雨入诗文，古往今来，何止千百，而并非每一篇章都有自己独特的意蕴、意境、面貌、个性，自己独创的文笔。他使用重重叠叠的叠字叠句，参差错落，贯串全文。有的是近似的排句反复出现；有的是同声叠韵，如"走入霏霏令人更想入非非"，"隔着千山万山，千伞万伞"，别具匠心；句子的结构灵活多变，短句短到点点滴滴，一字一句，二字三字一句，长句像连绵不断的雨脚，一口气长到三十九字；杂以流动自然的少量韵语段落。方块字的形象性和平仄声，神而化之，竟凝结为一幅绵绵密密、千丝万缕的雨景，一阵阵远远近近、紧敲慢打的雨声，甚至那潮潮湿湿的雨意，清清冷冷的雨味，飘飘忽忽的雨腥，一齐进入读者的眼耳鼻舌身，同时渗透每根神经。李清照的《声声慢》连叠七字，称"卓绝千古"，杜甫的公孙剑器，白居易的浔阳琵琶，王禹偁的黄冈竹楼，脍炙人口，都乞灵于巧妙的借喻形容，而《听听那冷雨》，却直接用文字的雨珠，声色光影，密密麻麻，纵横交织而成。这也许可以帮助我们对中国文字和现代文学的表现力增加一点信心，也应该承认这在"五四"以来的散文领域中，算得是别辟一境。

柯灵：《台湾散文选·序（杨牧编）》

梁实秋

岁月·伤逝（《槐园梦忆》节选）

梁实秋，原名梁治华，笔名秋郎等。1903 年生于北京，原籍浙江杭州。1915 年入清华留美预备学校，1923 年赴美留学，回国后历任东南大学、光华大学、暨南大学、复旦大学、青岛大学等校教授。曾主编上海《时事新报·青光》副刊、《新月》月刊等，并从事文艺批评，鼓吹白璧德的新人文主义，由此引发一场与鲁迅等左翼作家的争论。20 世纪 40 年代起写散文，总称《雅舍小品》，以隽永与讽世获得名声。1949 年后，任台湾师范大学和台湾大学教授。1966 年退休后，继续从事散文写作和中、英文学研究，这期间的散文倾向于忆旧感伤，尤多反映"春秋迭代，必有去故之悲"的怀乡之作。1987 年在台北去世。1974 年梁实秋的夫人程季淑不幸去世，他在伤恸之余写下长篇回忆性散文《槐园梦忆》，感情恳切动人。本文节选其第十五、十七两章，标题为编者所加。

岁　月

　　我岂不知"求田问舍，怕应羞见，刘郎才气"？只因季淑病躯需要调养，故乃罄其所有，营此小筑。地皮不大，仅一百三十余坪。请同学友人陆云龙先生鸠工兴建，图样是我们自己打的。我们打图的计划是，房求其小，院求其大，因为两个人不需要大房，而季淑要种花木故院需宽敞。室内设计则务求适合我们的需要，她不喜欢我独自幽闭在一间书斋之内，她不愿扰我工作，但亦不愿与我终日隔离，她要随时能看见我。于是我们有一奇怪的设计，一联三间房，一间寝室，一间书房，中间一间起居室，拉门两套虽设而常开。我在书房工作，抬头即可看见季淑在起居室内闲坐，有时我晚间工作亦可看见她在床上躺着。这一设计满足了我们的相互的愿望。季淑坐在中间的起居室，我曾笑她像是蜘蛛网上的一只雌蜘蛛，盘踞网的中央，窥察四方的一切动静，照顾全家所有的需要，不愧为名副其实的一家之主。

　　不出半年，新屋落成。金圣叹"三十三不亦快哉"，其中之一是："本不欲造屋，偶得闲钱，试造一屋，自此日为始，需木，需石，需瓦，需砖，需灰，需钉，无晨无夕，不来聒于两耳。乃至罗雀掘鼠，无非为屋校计，而又都不得屋住，既已安之如命矣。忽然一日屋竟落成，刷墙扫地，糊窗挂画；一切匠作出门毕去，同人乃来分榻列坐，不亦快哉！"我们之快哉则有甚于此者。一切委托工程师，无应付工人之烦，一切早有预算，无临时罗掘之必要。唯一遗憾是房屋造得太结实，比主人的身体要结实得多，十三年来没漏过雨水，地板没塌陷过一块，后来拆除的时候很费手脚。落成之后，好心的朋友代我们做了庭园的布置，草皮花木应有尽有。季淑携来一粒面包树的种子，栽在前院角上，居然苗长甚速，虽经台风几番摧毁，由于照管得法，长成大树，因为是她所手植，我特别喜爱它。

云和街的房子空出来之后，候补迁入的人很多，季淑坚决主张不可私相授受，历年修缮增建所耗亦无须计较索偿，所以我无任何条件于搬出之日将钥匙送归学校，手续清楚。季淑则着手打扫清洁，不使继居者感到不便。我们临去时对那棵大面包树频频回顾，不胜依依。后来路经附近一带，我们也常特为绕道来此看看这棵树的雄姿是否无恙。

住到新房里不久，季淑患匐行疹（俗名转腰龙），腰上生一连串的小疱，是神经末梢的发炎，原因不明，不外是过滤性病毒所致，西医没有方法治疗，只能镇定剧痛的感觉。除了照料她的饮食之外，我爱莫能助。有一位朋友来探病，把我拉到一边告诉我说："此病不可轻视，等到腰上的一条龙合围一周，人就不行了。"又有一位朋友笑嘻嘻的四下打量着说："有这样的房子住，就是生病也是幸福。"这病拖延十日左右，最后有朋友介绍南昌街一位中医华佗氏，用他密制的药粉和以捣碎的瓮菜泥敷在患处，果然见效，一天天地好起来了。介绍华佗氏的这位朋友也为我的糖尿症推荐一个偏方：用玉蜀黍的须子熬水大量饮用。我试了好多天，无法证明其为有效。

说起糖尿症，我连累季淑不少。饮食无度，运动太少，为致病之由。她引咎自责，认为她所调配的食物不当，于是她就悉心改变我的饮食，其实医云这是老年性的糖尿症，并不严重。文蔷寄来一册《糖尿症手册》，深入浅出，十分有用，我细看不止一遍，还借给别人参阅。糖是不给我吃了，碳水化合物也减少到最低限度，本来炸酱面至少要吃两大碗，如今改为一大碗，而其中三分之二是黄瓜丝绿豆芽，面条只有十根八根埋在下面。一顿饭以两片面包为限，要我大量地吃黄瓜拌粉。动物性脂肪几乎绝迹，改用红花子油。她常感慨地说："有一些所谓'职业妇女'者，常讥笑家庭主妇的职业是在厨房里，其实我在厨房里的工作也还没有做好。"事实上，她做得太好了。自来台以后，我不太喜欢酒食应酬，有时避免开罪于人非敬陪末座不可，季淑就为我特制三明治一个，放在衣袋里，等别人"式燕以敖"的时候我就取出三明治，道一声"告罪"，徐徐啮而食之。这虽令人败兴，但久之朋友们也就很少约我赴宴。在这样的饮食控制之下我的糖尿症没有恶化，直到如今我遵照季淑给我配制的食谱，维持我的体重。

我们不喜欢赌，赌具却有一副，那是我在北平买的一副旧的麻将牌。季淑家居烦闷，三五友好就常聚在一起消磨时间，赌注小到不能再小，八圈散场，卫生之至。夫妻同时上桌乃赌家大忌，所以我只扮演"牌僮"一旁伺候，时而茶水，时而点心，忙得团团转。赌，不开始则已，一开始赌注必定越来越大，圈数必定越来越多，牌友必定越来越杂。同时这种游戏对于关节炎患者并不适宜。有一天季淑突然对我宣告："我从今天戒赌。"真的，从那一天起，真个不再打牌，以后连赌具也送人了，一张特制的桌面可以折角的牌桌也送人了，关于麻将之事从此提都不提，我说不妨偶一为之，她也不肯。

对于花木，她的兴趣不浅。后院墙角搭起一个八尺见方的竹棚

（警察认为是违章建筑，但结果未被拆除），里面养了几十盆洋兰和素心兰。她最爱的是素心兰，严格讲应该是蕙，姿态可以入画，一缕幽香不时地袭人，花开时搬到室内，满室郁然。友人从山中送来一株灵芝，插入盆内，成为高雅的清供。竹棚上的玻璃被邻街的恶童一块块地击毁，不复能蔽风雨，她索性把兰花一盆盆的吊在前院一棵巨大的夹竹桃下，勉强有点阴凉，只是遇到连绵的雨水或酷寒的天气便需一盆盆的搬进室内，有时半夜起来抢救，实在辛劳。玫瑰也是她所欣喜的，我们也有一些友人赠送的比较贵重的品种，遇有大风雨，她便用塑料袋把花苞一个个的包起来，使不受损，终以阳光太烈土壤不肥，虽施专门的花肥，仍不能培护得宜。她常说："我们的兰花，不能和胡伟克先生家的相比，我们的玫瑰，不能和张棋祥先生的相比，但是我亲手培养的就格外亲切可爱。"可惜她力不从心，不大能弯腰，亦不便蹲下，园艺之事不能尽兴。院里有含笑一株，英文叫 banana shrub，因花香略带甜味近似香蕉，是我国南方有名的花木。有一天，师大送公教配给的工友来了，他在门外就闻到了含笑的香气，他乞求摘下几朵，问他作何用途，他惨然说："我的母亲最爱此花，最近，她逝世了，我想讨几朵献在她的灵前。"季淑大受感动，为之涕下，以后他每次来，不等他开口，只要枝上有花，必定摘下一盘给他。

季淑爱花草，不分贵贱，一视同仁。有一天在阳明山上的石隙中间看见一株小草，叶子像是竹叶，但不是竹，葱绿而挺俏，她试一抽取，连根拔出，遂小心翼翼地裹以手帕带回家里，栽在盆中灌水施肥，居然成一盆景。我做出要给她拔掉之状，她就大叫。

房檐下遮窗的雨棚，有几个铁钩子，是工程师好意安装的，季淑说："这是天造地设，应该挂几个鸟笼。"于是我们买了三四个鸟笼，先是养起两只金丝雀。喂小米，喂菜心，喂红萝卜，鸟儿就是不大肯唱。后来请教高人，才知道一雌一雄不该放在一起，要隔离之后雄的才肯引吭高歌（不独鸟类如此，人亦何尝不然？能接吻的嘴是不想歌唱的）。我们试验之后，果然，但是总觉得这样摆布未免残忍。后来又养一种小鹦鹉，又名爱鸟，宽大的喙，整天咕咕的亲嘴。听说这种鹦鹉容易传染一种热病。我们开笼放生，不久又都飞回来，因为笼里有食物，宁可回到笼里来。之后，又养了一只画眉，这是一种雄壮的野鸟，怕光怕人，需要被人提着笼摇摇晃晃的早晨出去溜达。叫的声音可真好听，高亢而清脆，声达一二十丈以外。我们没有工夫遛它，有一天它以头撞笼流血而死。从此我们也就不再养鸟。在大自然的环境中，每见小鸟在枝头跳跃，季淑就驻足而观，喜不自禁。她喜爱鸟的轻盈的体态。

一九六〇年七月，我参加"中美文化关系讨论会"赴美国西雅图，顺便到伊利诺伊州看看新婚后的文蔷，这是我来台后第一次和季淑作短期的别离，约二十日。我的心情就和三十多年前在美国作学生的时代一样，总是记挂着她。事毕我匆匆回来，她盛装到机场接我，"铅华不可弃，莫是藁砧归？"她穿的是自己缝制的一件西装，鞋子也是新的。她已许久不穿旗袍，因为腰窄领硬很不舒服，西装比较洒脱，领胸可以开得低低的。她算计着我的归期，花两天的时间就缝好了一件新衣，花样式样我认为都无懈可击。我在汽车里就告诉她："我喜欢你的装束。"小别重逢，"其新孔嘉，其旧如之何？"

一九六三年十二月十八日，有独行盗侵入寒家，持枪勒索。时季淑正在厨房预备午膳。文蔷甫自美国返来省亲，季淑特赴市场购得黄鳝数尾，拟作生炒鳝丝，方下油锅翻炒，闻警急奔入室，见盗正在以枪对我做欲射状。她从容不迫，告之曰："你有何要求，尽管直说，我们会答应你的。"盗色稍霁。这时候门铃声大作，盗惶恐以为缇骑到门，扬言杀人同归于尽。季淑徐谓之曰："你们二位坐下谈谈，我去应门，无论是谁吾不准其入门。"盗果就座，取钱之后犹嫌不足，夺我手表，复迫季淑交出首饰，她有首饰盒二，其一尽系廉价赝品，立取以应，盗匆匆抓取一把珠项链等物而去。当天夜晚，盗即就逮，于一月三日伏法。此次事件端赖季淑临危不乱，镇定应付，使我得以幸免于祸灾。未定谳前，季淑复力求警宪从轻发落，声泪俱下。碍于国法，终处极刑，我们为之痛心者累日。季淑的镇定的性格，得自母氏，我的岳母之沉着稳重有非常人所能及者。

那盘生炒鳝丝，我们无心享受。事实上若非文蔷远路归宁，季淑亦决不烹此异味，因为宰割鳝鱼厥状至惨，她雅不欲亲见杀生以恣口腹之欲。我们两人在外就膳，最喜"素菜之家"，清心寡欲，心安理得，她常说："自奉欲俭，待人不可不丰。"我有时邀约友好到家小聚，季淑总是欣然筹划，亲自下厨，她说她喜欢为人服务。最熟的三五朋友偶然来家午膳，季淑常以馅饼飨客，包制馅饼之法她得到母亲的真传，皮薄而匀，不干不破，客人无不击赏，他们因自号为"馅饼小姐"。有一回一位朋友食季淑亲制之葱油饼，松软而酥脆，不禁翘起拇指，赞曰："江南第一！"

季淑以主持中馈为荣，我亦以陪她商略膳食为乐。买菜之事很少委之用人，尤其是我退休以后空闲较多，她每隔两日提篮上市，我必与俱。她提竹篮，我携皮包，缓步而行，绕市一匝，满载而归。市廛摊贩几乎无人不识这一对蹒跚老者，因为我们举目四望很难发现再有这样一对。回到家里，倾筐倒箧，堆满桌上，然后我们就对面而坐，剥豌豆，掐豆芽，劈菜心，……差不多一小时，一面手不停挥，一面闲话家常。随后我就去做我的工作，等到一声"吃饭"我便坐享其成。十二时午饭，六时晚饭，准时用餐，往往是分秒不爽，多少年来总是如此。

帮我们做工的 W 小姐，做了五年之后于归，我们舍不得她去，季淑为她置备一些用品，又送她一架缝纫机，由我们家里登上彩车而去。以后她还常来探视我们。

我的生日在腊八那一天，所以不容易忘过。天还未明，我的耳边就有她的声音："腊七腊八儿，冻死寒鸦儿，我的寒鸦儿冻死了没有？"我要她多睡一会儿，她不肯，匆匆爬起来就往厨房跑，去熬一大锅腊八粥。等我起身，热乎乎的一碗粥已经端到我的跟前。这一锅粥，她事前要准备好几天，跑几趟街才能勉强办齐基本的几样粥果，核桃要剥皮，瓜子也要去皮，红枣要刷洗，白果要去壳——好费手脚。我劝她免去这个旧俗，她说："不，一年只此一遭，我要给你做。"她年年不忘，直到来了美国最后两年，怵于环境，她才抱憾地罢手。头一年腊八，她在我的纪念册上画了一幅兰花，第二年腊八，将近甲寅，她为我写了一个"一笔虎"，缀以这样的几个字：

华：

    明年是你的本命年，

    我写一笔虎，

    祝你寿绵绵，

我不要你风生虎啸，

我愿你老来无事饱加餐。

季 淑

"无事""加餐"，谈何容易！我但愿能不辜负她的愿望。

有一天我们闲步，巷口邻家的一个小女孩立在门口，用她的小指头指着季淑说："你老啦，你的头发都白啦。"童言无忌，相与一笑。回家之后季淑就说："我想去染头发。"我说："千万不要。我爱你的本色。头白不白，没有关系，不过我们是已经到了偕老的阶段。"从这天起，我开始考虑退休的问题。我需要更多的时间享受我的家庭生活，也需要更多的时间译完我久已应该完成的《莎士比亚全集》，在季淑充分谅解与支持之下我于一九六六年夏奉准退休，结束了我在教育界四十年的服务。

八月十四日师大英语系及英语研究所同人邀宴我们夫妇于欣欣餐厅，出席者六十人，我们很兴奋也很感慨。我们于二十四日设宴于北投金门饭店答谢同人，并游野柳。退休之后，我们无忧无虑到处闲游了几天。最近的地方是阳明山，我们寻幽探胜专找那些没有游人肯去的地方。我有午睡习惯，饭后至旅舍辟室休息，携手走出的时候旅舍主人往往投以奇异的眼光，好像是不大明白这样一对老人到这里来是搞什么勾当。有一天季淑说："青草湖好不好？"我说："管他好不好！去！"一所破庙，一塘泥水，但也有一点野趣，我们的兴致很高。更有时季淑备了卤菜，我们到荣星花园去野餐，也能度过一个愉快的半天。

我没有忘记翻译莎氏戏剧，我伏在案头辄不知时刻，季淑不时地喊我："起来！起来！陪我到院里走走。"她是要我休息，于是相偕出门赏玩她手栽的一草一木。我翻译莎氏，没有什么报酬可言，穷年累月，兀兀不休，其间也很少得到鼓励，漫漫长途中陪伴我体贴我的只有季淑一人。最后三十七种剧本译竟，由远东图书公司出版，一九六七年八月六日承朋友们的厚爱，以"中国文艺协会""中国青年写作协会""台湾省妇女写作协会""中国语文学会"的名义发起在台北举行庆祝会，到会者约三百人，主其事者是刘白如、赵友培、王蓝等几位先生。有两位女士代表献花给我们夫妇，我对季淑说："好像我们又在结婚似的。"是日《中华日报》有一段报道，说我是"三喜临门"："一喜，三十七本莎翁戏剧出版了，这是台湾省的第一部由一个人译成的全集；二喜，梁实秋和他的老伴结婚四十周年；三喜，他的爱女梁文蔷带着丈夫邱士耀和两个宝宝由美国回来看公公。"三喜临门固然使我高兴，最能使我感动的另有两件事：一是谢冰莹先生在庆祝会中致辞，大声疾呼："莎氏全集的翻译之完成，应该一半归功于梁夫人！"一是《世界画刊》的社长张自英先生在我书房壁上看见季淑的照片，便要求取去制版刊在他的第三百二十三期画报上，并加注明："这是梁夫人程季淑女士——在四十二年前——年轻时的玉照，大家认为梁先生的成就，一半应该归功于他的夫人。"他们二位异口同声说出了一个妻子对于她的丈夫之重要。她容忍我这么多年做这样没有急功近利可图的工作，而且给我制造身心愉快的环境，使我能安心的专于其事。

文蔷、士耀和两个孩子在台住了一年零九个月，给了我们很大的安慰，可是他们终于去了，又使我们惘然。我用了一年的工夫译了莎士比亚的三部诗，全集四十册算是名副其实地完成了，从此与莎士比亚暂时告别。一九六八年春天，我重读近人一篇短篇小说，题名是《迟些聊胜于无》（Better Late Than Never），描述一个老人退休后领了一笔钱带着他的老妻补做蜜月旅行，甚为动人，我曾把它收入我所编的高中英语教科书，如今想想这也正是我现在应该做的事。我向季淑提议到美国去游历一番，探视文蔷一家，顺便补偿我们当初结婚后没有能享受的蜜月旅行，她起初不肯，我就引述那篇小说里的一句话："什么，一个新娘子拒绝和她的丈夫做蜜月旅行！"她这才没有话说。我们于一九七〇年四月二十一日飞往美国，度我们的蜜月，不是一个月，是约四个月，于八月十九日返回台北，这是我们的一个豪华的扩大的迟来的蜜月旅行，途中经过俱见我所写的一个小册《西雅图杂记》。

伤　逝

美国不是一个适于老年人居住的地方。一棵大树，从土里挖出来，移植到另外一个地方去，都不容易活，何况人？人在本乡本土的文化里根深蒂固，一挖起来总要伤根，到了异乡异地水土不服自是意料中事。季淑肯到美国来，还不是为了我？

西雅图地方好，旧地重游，当然兴奋。季淑看到了她两年前买的一棵山杜鹃已长大了不少，心里很欢喜。有人怨此地气候潮湿，我们从台湾来的人只觉得其空气异常干燥舒适。她来此后风湿性关节炎没有严重地复发过，我们私心窃喜。每逢周末，士耀驾车，全家出外郊游，她的兴致总是很高，咸水公园捞海带，植物园池塘饲鸭，摩基提欧轮渡码头喂海鸥，奥林匹亚啤酒厂参观酿造，斯诺夸密观瀑，义勇军公园温室赏花，布欧尔农庄摘豆，她常常乐而忘疲。从前去过加拿大维多利亚拔卓特花园，那里的球茎秋海棠如云似锦，她常念念不忘。但是她仍不能不怀念安东街寓所她手植的那棵面包树，那棵树依然无恙，我在一九七三年一月十一日（壬子腊八）戏填一首俚词给她看：

恼煞无端天末去。几度风狂，不道岁云暮。莫叹旧居无觅处，犹存墙角面包树。　　目断长空迷津渡。泪眼倚楼，楼外青无数。往事如烟如柳絮，相思便是春常驻。

事实上她从来不对任何人有任何怨诉，只是有的时候对我掩不住她的一缕乡愁。

在百无聊赖的时候季淑就织毛线。她的视神经萎缩，不能多阅读，织毛线可以不太耗目力。在织了好多件成品之后她要给我织一件毛衣，我怕她太劳累，宁愿继续穿那一件旧的深红色的毛衣，那也是她给我织的，不过是四十几年前的事了。我开始穿那红毛衣的时候，杨金甫还笑我是"暗藏春色"。如今这红毛衣已经磨得光平，没有一点毛。有一天她得便买了毛线回来，天蓝色的，十分美观，没有用多少工夫就织成了，上身一试，服服帖帖。她说："我给你织这一件，要你再穿四十年。"

岁月不饶人，我们两个都垂垂老矣，有一天，她抚摩着我的头发，说："你的头发现在又细又软，你可记得从前有一阵你不愿进理发馆，我给你理发，你的头发又多又粗。硬得像是板刷，一剪子下

去，头发渣迸得满处都是。"她这几句话引我想起英国诗人朋士
（Robert Bums）的一首小诗：

John Anderson My Jo

John Anderson my jo, John,

When we were first acquent,

Your locks were like the raven,

Your bonie brow was brent;

But now your brow is beld, John,

Your locks are like the snaw,

But blessings on your frosty pow,

John Anderson my jo.

John Anderson my jo, John,

We clamb the hill thegither,

And monie a canty day, John,

We've had wi'ane anither:

Now we maun totter down, John,

And hand in hand we'll go,

And sleep thegither at the foot,

John Anderson, my jo.

约翰安德森我的心肝

约翰安德森我的心肝，约翰，

想当初我们俩刚刚相识的时候，

你的头发黑得像是乌鸦一般，

你的美丽的前额光光溜溜；

但是如今你的头秃了，约翰，

你的头发白得像雪一般，

但愿上天降福在你的白头上面，

约翰安德森我的心肝

约翰安德森我的心肝，约翰，

我们俩一同爬上山去，

很多快乐的日子，约翰，

我们是在一起过的：

如今我们必须蹒跚地下去，约翰，

我们要手拉着手地走下山去，

在山脚下长眠在一起，

约翰安德森我的心肝！

　　我们两个很爱这首诗，因为我们深深理会其中深挚的情感与哀伤的意味。我们就是正在手拉着手地走下山。我们在一起低吟这首诗不知有多少遍！

　　季淑怵上楼梯，但是餐后回到室内须要登楼，她就四肢着地地爬上去。她常穿一件黑毛绒线的上衣，宽宽大大的，毛毛茸茸的，在爬楼的时候我常戏言："黑熊，爬上去！"她不以为忤，掉转头来对我吼一声，做咬人状。可是进入室内，她就倒在我的怀内，我感觉到她的心脏扑通扑通地跳。

我们不讳言死，相反的，还常谈论到这件事。季淑说，"我们已经偕老，没有遗憾，但愿有一天我们能够口号喊着'一、二、三'，然后一起同时死去。"这是太大的奢望，恐怕总要有个先后。先死者幸福，后死者苦痛。她说她愿先死，我说我愿先死。可是略加思索，我就改变主张，我说："那后死者的苦痛还是让我来承当吧！"她谆谆地叮嘱我说，万一她先我而化，我须要怎样地照顾我自己，诸如工作的时间不要太长，补充的药物不要间断，散步必须持之以恒，甜食不可贪恋——没有一项琐节她不曾想到。

我想手拉着手地走下山，也许尚有一段路程。申请长久居留的手续已经办了一年多，总有一天会得到结果，我们将双双地回到本国的土地上去走一遭。再过两年多，便是我们结婚五十周年，在可能范围内要庆祝一番，我们私下里不知商量出多少个计划。谁知道这两个期望都落了空！

四月三十日那个不祥的日子！命运突然攫去了她的生命！上午十点半我们手拉着手到附近市场去买一些午餐的食物，市场门前一个梯子忽然倒下，正好击中了她。送医院急救，手术后未能醒来，遂与世长辞。在进入手术室之前的最后一刻，她重复地对我说："华，你不要着急！华，你不要着急！"这是她最后对我说的一句话，她直到最后还是不放心我，她没有顾虑到她自己的安危。到了手术室门口，医师要我告诉她请她不要紧张，最好是笑一下，医师也就可以轻松地执行他的手术。她真的笑了，这是我在她生时最后看到的她的笑容！她在极痛苦的时候，还是应人之请做出了一个笑容！她一生茹苦含辛，不愿使任何别人难过。

我说这是命运，因为我想不出别的任何理由可以解释。我问天，天不语。哈代（Thomas Hardy）有一首诗《二者的辐合》（The convergence of the Twain），写一九一二年四月十五日豪华邮轮铁达尼号在大西洋上做处女航，和一座海上漂流的大冰山相撞，死亡在一千五百人以上。在时间上空间上配合得那样巧，以至造成那样的大悲剧。季淑遭遇的意外，亦正与此仿佛，不是命运是什么？人世间时常没有公道，没有报应，只是命运，盲目的命运！我像一棵树，突然一声霹雳，电火殛毁了半劈的树干，还剩下半株，有枝有叶，还活着，但是生意尽矣。两个人手拉着手地走下山，一个突然倒下去，另一个只好踉踉跄跄的独自继续他的旅程！

　　本文曾引录潘岳的悼亡诗，其中有一句："上惭东门吴。"东门吴是人名，复姓东门，春秋魏人。《列子·力命》："魏人有东门吴者，其子死而不忧，其相室曰：'公之爱子，天下无有，今子死，不忧何也？'东门吴曰：'吾尝无子，无子之时不忧；今子死，乃与向无子同，臣奚忧焉？'"这个说法是很勉强的。我现在茕然一鳏，其心情并不同于当初独身未娶时。多少朋友劝我节哀顺变，变故之来，无可奈何，只能顺承，而哀从中来，如何能节？我希望人死之后尚有鬼魂，夜眠闻声惊醒，以为亡魂归来，而竟无灵异。白昼紫想，不能去怀，希望梦寐之中或可相觌，而竟不来入梦！环顾室中，其物犹故，其人不存。元微之悼亡诗有句："唯将终夜常开眼，报答平生未展眉！"我固不仅是终夜常开眼也。

　　季淑逝后之翌日，得此间移民局通知前去检验体格然后领取证书。又逾数十日得大陆子女消息。我只能到她的坟墓去涕泣以告。六月三日师大英语系同人在台北善导寺设奠追悼，吊者二百余人，我不能亲去一恸，乃请陈秀英女士代我答礼，又信笔写一对联寄去，文曰："形影不离，五十年来成梦幻；音容宛在，八千里外吊亡魂。"是日我亦持诵《金刚经》一遍，口诵"一切有为法，如梦、幻、泡、影、如露亦如电，应作如是观"，而我心有驻，不能免于实执。五十余年来，季淑以其全部精力情感奉献给我，我能何以为报？秦嘉赠妇诗：

诗人感木瓜，乃欲答瑶琼。

愧彼赠我厚，惭此往物轻。

虽知未足报，贵用叙我情。

缅怀既往，聊当一哭！衷心伤悲，掷笔三叹！

1974 年 8 月 29 日于美国西雅图

选自《梁实秋散文》（第 2 集）

中国广播电视出版社 1989 年版

作家的话 ◈

　　因为你已经够繁忙，不愿再提此事，增加你伤心。我的日记本上把一年的纪念日都早已画出，所以我老早的就在等候这一天。这一天来到，我心痛极了！我把《槐园梦忆》里的事，一幕一幕重温一遍，不禁老泪纵横矣。5 月 4 日是她的葬日，恨不能一去扫墓耳。……我这几年来，环境逼我学会了独自生活的习惯，也学习了如何承受寂寞的压力。我会向冰箱讨食物，我会洗浣小件的东西，我会以冥想、沉思、读书、写作消磨漫长的时间，我会一个人在屋里自言自语，我会在旷野无人的地方高声喊叫我失去了的爱人的名字！我时常觉得我是一个丧家犬，又像是失去群的野兽，又像是红尘万丈中的一个落魄的行脚僧。

……在我心目中，你妈妈不仅是贤妻良母，实乃一代完人，我对她的敬爱无以复加。所以有人称许她，亲近她，以至于在她故后到她坟上献一把花，都使我无比的感动，都是我的知音，都使我得到无法形容的快慰与骄傲。反之，若有人轻蔑她，欺侮她，我就苦痛，愤懑，永不能忘。宋诗人梅圣俞悼亡诗："阅尽人间妇，无如美且贤"，初看言近于夸，细想却是真话。在美满的婚姻中夫妻一定把对方视为十分完美。否则就不能伴合成为一体了。这种认识在悼亡时格外深刻。汝母弃我而去十一年矣，时间不能疗伤，我至今日日夜夜想念她，眷恋她，呼唤她。我认为上天亏待她，虐待我，没有公道。附寄一剪报（重温《槐园梦忆》——寒枫）不知作者是何许人，我只知道我在《槐园梦忆》所刻画的人引起了人的敬爱，我心里也很安慰。汝母之为人，其温淑正直，无须我费辞，你深知之。

《梁实秋致梁文蔷》

评论家的话 ◈

我认为梁氏散文之所以动人，大致是因为具备下列这几种特色：

首先是机智闪烁，谐趣迭生，时或滑稽突梯，却能适可而止，不堕俗趣。他的笔锋有如猫爪戏人而不伤人，即使讥讽，针对的也是众生的共相，而非私人，所以自有一种温柔的美感距离。其次是篇幅浓缩，不务铺张，而转折灵动，情思之起伏往往点到为止。此种笔法有点像画上的留白，让读者自己去补足空间。梁先生深信

"简短乃机智之灵魂"，并且主张"文章要深，要远，就是不要长"。再次是文中常有引征，而中外逢源，古今无阻。这引经据典并不容易，不但要避免出处太过俗滥，显得腹笥寒酸，而且引文要来得自然，安得妥帖，与本文相得益彰，正是学者散文的所长。

最后的特色在文字。梁先生最恨西化的生硬和冗赘，他出身外文，却写得一手地道的中文。一般作家下笔，往往在白话、文言、西化之间徘徊歧路而莫知取舍，或因简而就陋，一白到底，一西不回；或弄巧而成拙，至于不文不白，不中不西。梁氏笔法一开始就逐走了西化，留下了文言。他认为文言并未死去，反之，要写好白话文，一定得读通文言文。他的散文里使用文言的成分颇高，但不是任其并列，而是加以调和。他自称文白夹杂，其实应该是文白融会。梁先生的散文在中岁的《雅舍小品》里已经形成了简洁而圆融的风格，这风格在台湾时代仍大致不变。证之近作，他的水准始终在那里，像他的前额一样高超。

余光中：《文章与前额并高》

穆旦

智慧之歌

　　穆旦，诗人、翻译家，原名查良铮。祖籍浙江海宁，1918 年出生于天津。1935 年考入清华大学，1940 年毕业于西南联大外文系，留校任教。1942 年参加中国远征军，任司令部杜聿明将军的随军翻译，出征缅甸战场，在震惊中外的野人山战役中死里逃生。1948 年赴美国留学，1952 年获芝加哥大学英美文学硕士学位。同年回国任南开大学外文系副教授。1977 年因突发性心脏病去世。20 世纪 40 年代以穆旦为笔名出版了《探险队》《穆旦诗集（1939—1945）》《旗》，诗风富于象征寓意和心灵思辨，是"九叶派"的代表诗人。50 年代起主要从事外国诗歌的翻译，主要译作有俄国诗人普希金、丘特切夫，英国诗人雪莱、拜伦、济慈、布莱克等的大量作品，另译有季莫菲耶夫的《文学概论》和《别林斯基论文学》等，其译作影响较大，享誉译界。

我已走到了幻想的尽头，

这是一片落叶飘零的树林，

每一片叶子标记着一种欢喜，

现在都枯黄地堆积在内心。

有一种欢喜是青春的爱情，

那是遥远天边的灿烂的流星，

有的不知去向，永远消逝了，

有的落在脚前，冰冷而僵硬。

另一种欢喜是喧腾的友谊，

茂盛的花不知道还有秋季，

社会的格局代替了血的沸腾，

生活的冷风把热情铸为实际。

另一种欢喜是迷人的理想，

它使我在荆棘之途走得够远，

为理想而痛苦并不可怕，

可怕的是看它终于成笑谈。

只有痛苦还在，它是日常生活

每天在惩罚自己过去的傲慢，

那绚烂的天空都受到谴责，

还有什么彩色留在这片荒原？

但唯有一棵智慧之树不凋，

我知道它以我的苦汁为营养，

它的碧绿是对我无情的嘲弄，

我咒诅它每一片叶的滋长。

1976 年 3 月

选自《穆旦诗选》

人民文学出版社 1986 年版

作家的话 ◇◇

　　诗应该写出"发现的惊异"。你对生活有特别的发现，这发现使你大吃一惊（因为不同于一般流行的看法或出乎自己过去的意料之外），于是你把这种惊异之处写出来，其中或痛苦或喜悦，但写出之后，你心中如释重负，摆脱了生活给你的重压之感，这样，你就写成了一首有血肉的诗，而不是一首不关痛痒的人云亦云的诗。所以，在搜求诗的内容时，必须追究自己的生活，看其中有什么特别尖锐的感觉，一吐为快的。然后还得给他以适当的形象，不能抽象说出来，当然，这适当的形象往往随内容成形，但往往诗人也得加把想象力，给它穿上好衣裳。

1975 年 9 月 6 日穆旦致郭保卫的信

评论家的话 ◈

　　穆旦的精神世界是建立在矛盾的张力上，没有得到解决的和谐的情况上。穆旦不喜欢平衡。平衡只能是暂时的，否则就意味着静止，停顿。穆旦像不少现代作家，认识到突破平衡的困难和痛苦，但也像现代英雄主义者一样，他并不梦想古典式的胜利的光荣。他准备忍受希望和幻灭的循环。

郑敏：《诗人与矛盾》

　　但穆旦更大的辉煌却表现在他的艺术精神上。他在整个创作趋向于整齐一律的规格化的进程中，以奇兀的姿态屹立在诗的地平线上。他创造了仅仅属于他自己的诗歌语言：他把充满血腥的现实感受提炼、升华为闪耀着理性光芒的睿智；他的让人感到陌生的独特意象的创造极大地拓宽和丰富了中国现代诗的内涵和表现力；他使疲惫而程式化的语言在他的魔法般的驱遣下变得内敛、富有质感的男性的刚健；最重要的是，他诗中是现代精神与极丰富的中国内容有着完好的结合，他让人看到的不仅是所谓"纯粹"的技巧的炫示，而是给中国的历史重负和现实纠结以现代性的观照，从而使传统中国式的痛苦和现代人类的尴尬处境获得了心理、情感和艺术表现上的均衡和共通。

谢冕：《一颗星亮在天边——纪念穆旦》

小　思
承教小记

我，从没有在文字上，如此展示自己的过去，里面包含了许多缺点、软弱、无知。为了表示对吾师唐君毅先生的追念和敬意，为了让还不知道唐老师的同学，知道世上曾有这样的好老师，为了使自己对当下的缺点、软弱、无知，有不断的自省能力，我愿意叙述三段往事。

那年，我只是个初中一学生，一向在家里，是父母最宠爱的小女儿，但在两年间，却面临了母亲急病去世、年老父亲的续弦、年轻继母的敌视、父亲急病去世，还有各种大小不一的家庭变故。一下子，我觉得全世界的痛楚都集中到身上来。我怨恨上天亏待，分不出皂白的愤怒，使我仇视一切接触的人。就那样，独自躲在一间幽暗的中间房里，度过了四年。那屋，原是载满我童年欢乐的故居，为了恋恋于旧时记忆，忍受分租房客的欺压，不懂照顾饮食惹来的一身疾病，我似乎愈来愈沉迷那种一半出于自作的悲痛中。

初中三，是多么危险的一年！如同许多青年人一般，我带着自以为是、闭塞、愤怒踏入心理变化最大的青年时期。尚幸的是母亲为我培养的读书兴趣，一直没有减退，功课做好后，不是到街上乱逛，就是躲起来看书。那年夏天，是个重要的转捩点。在偶然机会中，认识了正在新亚书院兼课的莫可非老师。（他是影响我最大的几位老师之一，可惜，也去世了。）在他指导下，有系统地读了一些中国文学作品。也是他，送给我一本唐君毅先生的《人生之体验》——对我来说，一本绝对重要的书。

于是，在灯下，我展读一段段异于寻常文学作品的文字，同时，也转入人生道上的另一里程。

我悲哀，他说："真实的悲哀吗？他来了，你当放开胸怀迎接他。真实悲哀，洗去你其他的萦思，净化了你的心灵。雨后的湖山，格外的新妍，你的视线，从真实的悲哀所流的泪珠，看出的世界，也格外的晶莹。"

我不信任人，他说："当你同人接近时，莫有十分确切的证据，你不要想他也许有不好的动机，这不仅因为你误会而诬枉人，你将犯莫大的罪过；你必是常常希望看见他人之善，你将先从好的角度去看人。"

我怠慢，他说："你必须为实践你的信仰而工作。你不息的工作，为的开辟你唯一之自己，所以工作之意义，不在其所有之结果，而在工作本身。"他更教导我的生活兴趣要多方面化："你的心感着多方面之兴趣，如明月之留影在千万江湖。这并不会扰乱你的心内之统一。在真正严肃的生活态度里，各种形式之生活内容，是互相渗透，而加其深度的。"

我开始平静下来，思索和尝试实践，盼望雨后的新世界。由于热爱唐先生的理论，我决定去当他的学生。于是，"升学新亚"，成为努力向往的目标。经济问题必须解决，为了取得奖学金，我开始集中精神读书，闯过会考和入学试两关。

现在回顾，真觉那时的愤怒，差点使我山穷水尽，是唐先生的《人生之体验》，为我拨开云雾，得睹天清地宁。

新亚入学口试的那天，主考人正是唐先生。他问了些很普通的问题，我怎样应付过去，现在也记不起来了，但最后一个问题，却仍清楚记得。大概唐先生看见表格上，志愿项中，六个空格，我全填了"新亚"，便问道："你爱中国文化吗？认为在香港，中国文化能散播吗？"一向，我自以为爱中国文化，第一点答案该是肯定的。但第二点，由于生于斯长于斯，又受了许多年官校教育，我竟不加细想便回说："恐怕没有什么希望！"唐先生听后，抬起头来看我的眼神，到今天，仍清晰印在脑海里，似乎有点惋惜我的无知，却有更多的疑问。往后，他再没说什么，便打发我出去。回来后，跟同学谈起，他们都唬吓我，会因那个不得体的答案，进不了新亚。幸而，不久，我便注册正式成为新亚学生了。

站在高大、蓝色玻璃窗的新亚图书馆内，夏日早晨的阳光，十分耀眼。我首次讶于学问的博大。蓦然，由中学毕业带来一腔"舍我其谁"的傲慢，完全散碎了。跟中学课程完全不同的科目、上课方式，使我心里充满亢奋，也带点手忙脚乱，尤其第一个月上唐老师的"哲学概沦"课，我尽最大努力把听到的记录下来。这对于新生，实在十分吃力。

就在那年十月，新亚发生一宗悬旗事件。据说每年十月，新亚宿生都会悬挂国旗，但自那一年开始，由于接受了政府津贴，便不能再在校舍内挂旗了。作为新生的我们，并不太清楚是什么一回事，只知道旧同学都十分激动。在一个晚会上，我第一次看见许多人为了"国家"痛哭的场面，也第一次听到唐老师说民族、文化、原则等触动的问题。天地忽然扩大起来，虽然顿感渺茫，但当下便从自我跑出来，以后，关怀的再不只是自己了。

新亚四年，不断选修唐老师的课，很难检拾具体例子来证明他怎样影响我。一阵春风吹过，万物便逢生机，又有谁能捉住一丝春风给人看，说："这就是带来生意的春风。"我从不到办公室去看望他，所以肯定一切影响是来自授课和著作上。上过唐老师课的人，都必然难忘他授课时"忘我"和"投入"的情况，这该是他说的"你当自教育中，看出人类最高之责任感、最卓越之牺牲精神"了。正因如此，他的授课，包含了两重意义：一是用语言文字表达的知识学问，一是用精神行为暗示的道理。对于我，后者的启导力最大。

四年来，我学得绝不够多，但却获得"世界无穷愿无尽，海天寥阔立多时"的好境界。

从新亚师范毕业出来，我抱着无比的信念和爱心，走上教育工作的漫漫长路。我尝试实践唐老师说的"在儿童的人格中，看出每一儿童，都可完成其最高人格之发展，都可成为圣哲"这信念。可能太年轻，意气太飘举，竟忘了这段话下面另一段："这一切向好之可能性，可能永不实现，另外有无尽向坏之可能性。携着儿童在崖边行走，永怀着栗栗之危惧，不能有一息之懈弛。"也忽略了社会急剧变化带来的种种迫力。遇上阻力一天比一天多，我的信心开始动摇，悲哀又再临近。

当了教师的第七年，两个女学生陷于社会不良风气里，使我的信心完全垮了。对于她们，我用过不少力，她们也信赖我，可是，依旧没法抗拒一些更巨大的诱惑，终于出错了。当她们向我说着悔恨的话时，我顿然心头一空，就像在崖上救人，明明已紧握住他的手，但终也一滑，他便溜出掌中，往深渊飞坠。软弱、哀伤，使我很震惊，只得向唐老师"求救"。每次去探望他，坐定下来，听他正讲着哲理，我就忘记"求救"这回事，而最奇怪的是：他每次讲的道理，都好像分明解答我带去的问题似的。

有一回，他对我说："你身体太弱，最好停一停，在闲中反照自身，看看执着的是不是一些虚象。"就这样，他介绍我到日本京都大学去当研究员。

告别了教学生涯，我到了诗化的京都，很平静地读一年书。由于离开香港，才发现自己和它原来已订下一种无可摆脱的关系。由于离开学生和学校，才察觉自己原来对他们有无限的思念。事情渐渐明朗，忐忑的心情没有了。我又找到安心之所！

夏天，唐老师路过京都，他带我到南禅寺去。坐在红毡上，眼看满庭幽草，我啖着无味的汤豆腐，他严肃地说："淡中有喜，浓出悲外。"于是我一心如洗，明白超拔的道理，决定一条应走的路向。

推崇唐老师的人，都会用"大儒""哲学""博厚"这些字眼来称颂他。污贬他的人，又会用"糊涂""固执""不识时务"这些句语描述他。我应该怎样向下一辈描绘他呢？也许，我实在没办法说，因为知道他的事情并不多。能够说的，只是他身体力行，坚持原则的精神，怎样挽救我于水火之中。

烟波万顷，把天边朗月散化成闪闪银辉，瞎者无缘可见，而站得愈高的看得愈多！对唐先生，也作如是观。

1978 年 3 月 15 日

选自《小思散文》

浙江文艺出版社 1994 年版

作家的话 ◈

香港土生土长的我，一切中国感情，来自书本。唐诗、宋词、历史文化，都只不过遥远而飘忽的纸面接触。一旦我面对真实的中国——大地、人民、政治、文化……的时候，竟警觉有太多的陌生感，发现原来自己抓住的并不是有血有肉的民族实体，我彷徨恐惧，连一点点的自信都失落了。怎么办？在香港人眼中，我不太像香港人，在大陆人眼中，我又不太像大陆人，这种尴尬身份，令我处于两难境地。

《散文心事》

推荐者的话 ◈

知识分子的人文精神需要知识分子自己站在工作岗位上守先待后、代代相传，而不是像宗教家那样自以为掌握了真理就可以普度众生。他的工作岗位是极其平凡的，他的传播方式也应是极其平凡的。著书立说，传布思想，可以说是一种方式；高设讲台，传授知识，如春风夏雨滋养后人也是一种方式，但更重要的是其伟大人格的昭示，在平常的点点滴滴之中。这篇散文记载了著名学者唐君毅的几件小事，但处处着笔于作家本人在思想困惑之际感受师恩的体会。从其学说教诲到其言教身传，不仅写出了一代大师的音容风貌，也暗示出知识分子薪尽火传的使命。

陈思和

台静农
记波外翁

    台静农，1902 年生于安徽霍邱。中学未毕业即去北京大学中文系旁听，后在北京大学国学研究所在职学习。1925 年与鲁迅等人组织未名社，创办和出版《未名》半月刊和《未名丛刊》，后在辅仁大学、青岛大学、厦门大学、重庆白沙女子师范大学任教。抗战胜利后去台湾，在台湾大学任教。早年从事小说创作，著有小说集《地之子》《建塔者》，晚年写作散文，有《龙坡杂文》等。1990 年于台北去世。

一九四七年八月某日，波外翁乔大壮先生一到台北，魏建功兄即遇之于南昌街。他是受台大中文系教授聘来台的，渡海由儿子护送，船到基隆，学校有人将他们接到台北厦门街招待所。时过中午，父子两人，又乏又饿，便出门打算午餐，以为像在内地一样，随处可找到小吃馆。哪知附近并没有卖吃的，走出厦门街到了南昌街，也是如此。当时这两条街，荒凉得很，偶有小吃摊子，也不过是鱼丸肉羹之类，并无一饭之处。当他们父子在秋阳下徘徊街头时，遇到建功，建功的夫人是波外翁老友之女，故他们早就相识的。于是建功招待他们父子到家，草草一饭。波外翁之来台，本为避开中大方面的是非，没想到来到台北，竟有置身异域之感。

波外翁给我的印象，身短、头大，疏疏的长须，言语举止，一派老辈风貌。虽是第一次见面，我即早读过他与徐炳旭先生合译的波兰显克微支的《你往何处去》，这书是当时青年们所喜读的，书中安东尼割手腕血管，从容死去，我至今还有模糊的印象。那时我从几位前辈口中，知道他不是专门翻译家，而是以诗词篆刻知名于旧京的名士。

初与波外翁相处，使人有不易亲近之感，不因他的严肃，而是过分的客气，你说什么，他总是说"是的，是的"，语气虽然诚恳，却不易深谈下去。我的研究室与系主任许季茀先生的办公室隔壁，而有一门相通，有次他同季茀先生谈天，短暂时彼此都没话了，还会听到一两句"是的，是的"。后来建功夫人说：这是他的口头语，在家里同女儿说话，也免不了要说声"是的，是的"。

这年阴历年刚过两三天，波外翁同建功及一女生到我家来，他轻快地走上"玄关"，直入我的书房，这样飘然而来，同他平时谦恭揖让的态度颇不相同。他一眼看到玻璃窗上贴着李义山的一首小诗，诗的意境很凄凉的，他反复朗诵，带着叹息声，好像这诗是为他而写的。我招待他坐，还是站在窗前，茶端上来，他才坐下，他又变为平常的态度了，同我寒暄了几句后，又"是的，是的"。渐渐他倒向沙发睡了，才知他是醉了。不久醒来，我们请他多休息一回，他坚要回去，可是刚走两三步，便摇摇的几乎倒下去，我们赶紧将他扶住，慢慢地让他躺下，他已什么都不知了。傍晚，我同建功将他送回宿舍，从侍奉他的工友口中，知道他从除夕起，就喝高粱酒，什么菜都不吃。灯前他将家人的相片摊在桌上，向工友说："这都是我的儿女，我也有家呀。"

第二天我同建功去看他，依然只喝酒不吃东西，醉醺醺的，更加颓唐了。他说话也多了，不再"是的，是的"了。建功同我都感到情形严重，只得天天来陪他，但又不能露骨的说些安慰话，唯有相机地劝他吃点东西，可是毫无用处。或邀他一同出来小吃，他不推辞，却坚要由他做东。既然做东，又不吃菜，只喝酒，这倒令我们技穷了。于是改变主意，先陪他在街上散步，再将他引到家里，就便留饭，这样以为他也许可以吃点什么了，却又不然，他先是逊谢，然后说"还是喝点酒罢"。

许季茀先生遭窃贼戕害又不幸适于这时候发生，前一天我还同建功看季茀先生，告以波外翁的情形，惊异之余，不胜焦虑，因想一两日内将波外翁接到他家同住。谁知一夜之间，一个具有无尽的生命力的老人，竟不能活下去，另一不算老的波外翁，反要毁掉他自以为多余的生命。因季莳先生的横祸，大学的朋友们都被莫名的恐怖笼罩着，然对待死心情的波外翁，又不能不装着极平静的样子。当季莳先生卧在血渍中的时候，我同建功还陪波外翁应许恪士先生之邀去草山看杜鹃花，许是他中大同事，已经知道他纵酒的事，特在草山旅社备了酒菜，边饮边谈，波外翁总算吃了些东西，酒却喝了不少。次日，我们先和台大外文系教授马宗融兄约好，傍晚陪波外翁到他家，由他留饭。宗融以翻译知名的，与他四川同乡，又是通法文的同道，平日还谈得来。可是去宗融处，必得经过季莳先生家，只好借故绕道而往。宗融本善于说话，请他吃菜，他看着胡萝卜说道："颜色真好呀。"慢慢地用筷子夹了一片。这天晚上，总算吃了几片胡萝卜。

第二天或是第三天的早晨，居然自动的要粥吃，饭桌上看了日报，也是他纵酒以来第一次看报，季莳先生的事，他也知道了。当建功与我见到他时，虽然高兴他已自动的吃了东西，却怕季莳先生的横祸刺激了他。但他的感情并没有很大的震动，几天来我们不敢想象他的反应，现在放心了。于是陪他到季莳先生遗体前致吊，他一时流泪不止。再陪他回到宿舍，直到夜半才让我们辞去，他站在大门前，用手电灯照着院中大石头说："这后面也许就有人埋伏着。"说这话时，他的神情异样，我们都不禁为之悚然。尤其是我回家的路，必须经过一条仅能容身的巷子，巷中有一座小庙，静夜里走过，也有些异样的感觉。

季莳先生追悼日，波外翁写了两首挽诗，有两句非常沉痛："门生搔白首，旦夕骨成灰。"他是季莳先生在京师大学堂任教时的学生，故自称门生。关于"旦夕骨成灰"一语，也不是偶然说的，他在台北古玩铺买了一个琉球烧的彩陶罐子，颇精美，曾经指着告诉朋友："这是装我的骨灰的。"这本是一时的戏言，后来才知道他心中早有了死的阴影。

波外翁既经平静下来，学校请他主持中文系，他觉得人事单纯，也就接受了。换了宿舍，与我家衡宇相望，我几乎每天都去看他，他对我也好像共过患难的朋友，放言无所忌讳了。因他久处京朝，逸闻旧事，不雅不洁的知道颇多，谈起来也不免愤慨。像他这样将一切都郁结在心中的人，只有痛苦。果然，他又再度纵酒不吃东西了。所幸他有一学生彭君自南京来了，彭君四川人，他约来任助教的，与他住在同一宿舍，随时照顾他，不久感情也就平复了。

五月间，他忽然表示想回上海看看，当时系中学生少，他只任一门课，暂时离校，无大影响。我总觉得他精神迄不稳定，不如回去看看儿女，散散心，因而也怂恿他作渡海之行。决定由彭君送他到上海，走的前夕，彭君为他收拾行装，我发现一卷他写的字，原来是自挽联，匆匆一读，只记得一句："他生再定定盦诗。"这句好像是借用别人的，我曾在哪里见过，记不得了。我将此联放进衣箱后，觉得有些冒昧，看他脸色也没有什么。可是当时使我难过的，今生活得如此痛苦，还望他生？彭君私下告诉我，在角落处发现一瓶"来索水"之类的药物，这令我比看见他的挽联，还要难受。走的一天，我送他到基隆码头，白西服，黑领带，彭君扶着他，蹒跚的背影走过船桥上了船。

六月六日波外翁来信说：到了上海已经十日，住处僻左，宜于摄养，学期试题，已交给彭君带回，校中如有近闻，希望告诉他，他自己呢？"贱疾略可，第喘疾迄今不愈，颇有四方靡骋之叹耳。"一周后，又有信来，除告我友人某君事外，并说："徒缘衰废，未克有终，惭疚之私，殆难言喻。"所谓"四方靡骋"，即《小雅》"我瞻四方，蹙蹙靡所骋"，在动荡的时代，这原是一般人的心情，尤其是知识分子的感受，最为深切。至于第二封信所表示的惭疚，初未想到有言外之意，正如看他蹒跚登船，我没有想到他从此一去不返。

波外翁去苏州是七月二日，是日上午还由儿妇陪同访他的老友许森玉先生，晤言甚欢。返寓后，乘家人不备即搭车到苏州太安旅馆，写了遗书，再写一诗寄其弟子蒋维崧君。

诗云：

> 白刘往往敌曹刘，邺下江东各献酬。
> 为此题诗真绝命，潇潇暮雨在苏州。

后记云：

> 在都蒙命作书，事冗稽报，兹以了缘过此，留一炊许，勉成上报，亦了一缘。尊纸则不及缴还。

时值子夜，大风雨，故诗云"潇潇暮雨"。次日发现遗体，还悬一名片，书明"责任自负"。生死安排，如此从容，真如陶公自祭文所云："余今斯化，可以无恨。"尤以去苏州之前，犹访老友，言笑自如，森玉先生怎样也不会想到这是老友前来诀别。

波外翁死年五十七岁，中年刚过，体力犹强，可悲的，竟以生命为多余，而必欲毁之于自家之手。从他片断的谈话中，我所了解的，一个旧时代的文人，饱受人生现实的折磨，希望破灭了，结果所有的，只是孤寂，愤世，自毁。

波外翁是世家子，成都人，生长北京，满清末年读书译学馆，这是当时政府培养外交人员的学校，为京师大学堂的前身，他的法文就是在译学馆学的。民国初年毕业，入教育部，法文用不着了，总算与其友人合译了一部名著，可是这部《你往何处去》，已绝版了。

久居冷衙门，不知波外翁有无冷冻之感？不过当时教育部确有不少名士，艺术文学，皆有高手，想波外翁会乐此穷官的。可是后来竟拂袖而去，翁之《赴告》云："于时潜于郎曹亦几十载，属有长官来自关外，遇僚寀不以礼，府君与同官高丈阆仙皆不为之下，遂辞官去。"我们只知道章士钊做教育部长时，有人不屑与为伍而辞官，原来还有类似的情事。高阆仙即高步瀛先生，于唐宋诗文都有极渊博的注释，至今大学里尚流行他的撰著。若波外翁这样人，穷并不怕，几个月不给薪俸，他受得了，但不能伤害他的尊严。他曾同我说过一事，在重庆时，与他有知遇之交的某君，想推荐他升官，可至卿贰之列，但要他将胡须剃掉，他一笑谢绝了。

波外翁对人处世，总是谦恭谨慎的。有次我们谈到饮酒，我说："先生是有酒名的。"他接着说："我在南京时，人家都不知道我会喝酒，我每日下班后，才倒一杯酒，一面陪家母谈话，一面喝酒。"我又问他："难道不同朋友会饮么？"他说："给人家当秘书，知道你好喝酒，谁敢要你。"大概在重庆任中央大学教授后，他喝酒已全无忌讳了。词人吴臼匋从百余里外的水道去看他，一进门，就闻着酒气，而翁于酩酊中与之旋周，并写了一首近作给他：

> 画帘钩重，惊起孤衾梦，二月初头桐花冻，人似绿毛幺凤。
>
> 日日苦雾巴江，岁岁江波路长，楼上薰衣对镜，楼外芳草斜阳。

这首词颇传于同道之中，个人的寂寞，时事的悲观，感情极为沉重，尤以末两句明显的指责当时局势。酒人何尝麻木，也许还要敏感些。波外翁到上海住在女儿家，他不许为之具精膳肉食，并慨然说："斯世杀劫，殆其极矣，吾持杀戒，愿汝曹戒之也。"（《赴告》）在台时，他也表示过持杀戒。有一女生拿来一只家里饲养的鸡，要工友做给波外翁吃，翁说："我是不杀生的，拿回去，寄养你家，给他个名字，就叫乔大壮吧。"此生看老师不是故说风趣话，默然携着鸡回去了。

波外翁有四子三女，都已成立，而夫人去世了，使他更为寂寞，尤其一个心情颓丧的人，会感到孑然一身无所依靠。他有一首《生查子》悼亡词云：

> 舫楼东逝波，鹢首西沉月，何似一心人，自此无期别。犯雾鞯江来，打鼓凌晨发，君去骨成尘，我住头如雪。

战后，儿女分散各地，剩下波外翁一人，恓恓惶惶，既无家园，连安身之地也没有，渡海来台，又为什么？真如堕弥天大雾中，使他窒息于无边的空虚。生命于他成了不胜负荷的包袱，而死的念头时时刻刻侵袭他，可是死又不是轻而易举的事，这更使他痛苦。在台时两度纵酒绝食，且私蓄药物，而终没有走上绝路。到了上海，又将挽季莆先生诗"门生搔白首，旦夕骨成灰"两句，改得温和些。（这是死后发表上海报上，我才知道的。）如此种种，都可见他的生命与死神搏斗的情形，最后死神战胜了，于是了无牵挂的在风雨中走到梅村桥。

波外翁死后，所著《波外楼诗》及《波外乐章》，均由他的朋友交成都刻工刻出，诗集台北有影印本，又《微波词》手稿由台大影印，沈刚伯先生为之作序。年前曾绍杰兄重印《乔大壮印蜕》，属我写一小序。曾说："居府椽非其志，主讲大庠又未能尽其学，终至阮醉屈沉，以诗词篆刻传，亦可悲矣。"我交波外翁日浅，这几句话或可仿佛翁之平生，本文也就借此结束。

1978 年 12 月

选自《龙坡杂文》

台北洪范书店 1988 年 7 月版

作家的话 ◈

朋友们常说，偌大年纪，经事也不算少，能写点回忆之类的文字，也是好的。我听了，只有苦笑，蜗居一地过着教书匠生活，僵化了，什么兴会都没有了，能回忆些什么呢？但也有意外，前年旅途中看见一书涉及往事，为之大惊，恍然如梦中事历历在目。这好像一张尘封的败琴，偶被拨动发出声来，可是这声音喑哑是不足听的。

《龙坡杂文·序》

评论家的话 ◈

　　在台老笔下，无论怀旧忆往，还是论文谈艺，无不直抒胸臆，娓娓而谈，字里行间学问和性情交相辉映，历尽沧桑的老一代知识分子的耿直狷介和深厚博大的人文关怀尽在其中，而抚今追昔的感慨和对真善美的向往更是令人心折，真所谓"思极深而不晦，情极哀而不伤，所记文人学者事，皆关时代运会"（台湾《联合报》评语）。凡是研究中国现代文学、历史、教育、艺术史的，都能从中学到点什么，我以为。

　　台老文笔朴拙，不做作，少雕琢，固然迥异于当今港台流行的抒情文，却同样传神，传情，传真。这种通侻顺当，如行云流水般找不到一点刻意，看似随意挥洒，像一幅幅浓淡得宜、笔墨无多的小品水墨画，其实难以企及，非经百般磨炼无法达到。如果有谁读过台老的一些"少作"，当更能体会台老晚年消磨绚烂归平淡，已臻散文追求的理想境界，炉火纯青了。

　　　　　　　　　陈子善：《台静农散文选·编后记》